10

All about Love

10

All about Love

結束，你說是開始

My End, Your Beginning

by Sophia

Chapter

結束，你說是開始

於是放手——004
之一——在意識之外柔軟的脆弱——009
之二——那是一種情感性的需要——026
之三——透著微光的出口——040
之四——跌落之後所撞擊而出的——056
之五——終於放晴卻發現陽光太過灼目——075
之六——愛麗絲的下午茶——093
之七——波光粼粼又太過湛藍——109

之八—游離在邊緣的我與他與她—126
之九—北極的我以及南極的他—142
之十—不能吞嚥的美麗—157
之十一—句點被強行帶走，於是只能延續—172
之十二—遙遠與貼近，以及彼端—189
之十三—日出之後，我們—205
之十四—致另一個彼端的妳—217
後記—222

My End, Your Beginning *by Sophia*

於是放手

雨來得太過突然。

正要關窗時想起他的傘落在自己家中，關了窗拿起放在置物櫃上的傘，雨下得這麼大即使撐著傘也會打濕，但沒有傘的他必然承受不起這樣的雨。

走進雨中我想起已經好幾天沒有見到他，偶爾短暫的通話卻像是公式般的問候，想說些什麼卻在他醞釀著結束的聲音之中止住。我們之間原本幾不可見的裂縫逐漸擴大，彷彿起初那樣小心翼翼的態度只是一種偽裝，在我還來不及反應之前他就已經放任其塌陷。

雨沾濕了我的外衣，躲進廊下仍舊遮擋不住滿溢的水氣，像是連呼吸都會溺斃一般，於是我盡可能輕微喘息。望著雨我突然想起方才走得太過匆忙，忘了問他是否還在，或許等待就是這樣的一件事，偶爾我們並不會知曉所謂的等待是不是會有其終點或者得以被承接。

站在柱子旁讓自己的身影陷進光的另一面，視線投注於亮得太過刺眼的大樓正門，緩步而出的人們大多對著雨皺起了眉，無論是否打起傘都明白這是場勢必沾染的滂沱。

冷。拉攏了領口我幾乎被凍僵，突來的風只是增加些許刺痛，打從一開始就在顫抖了，並不是風的緣故。

或許我該帶著傘離開。但這樣的心思卻在看見穿著西裝的男人狼狽衝進雨中而被打散。

他從不願我踏進這塊被劃分開來的場域，又或許被劃分開來的是我，像是清楚而不可跨越的疆界，雖然他和我共處於某個僅屬於彼此的時空，然而卻也荒誕的在那個時空之外我和他全然錯開。

這是我和他之間起初便存在的裂縫。曾經我想要跨越，這樣的境況讓人太過不安，然而他卻以不信任他的愛作為阻擋，於是我只能止於疆界之前懷抱著不安努力地信任他的愛。

在等候與離去相互拉扯之間，終於太過熟悉的身影踏進我的視野，我跨出右腳卻又退回原地。猶豫。在這一秒鐘劇烈的膨脹。他身邊並行著另一名女子，將傘握得更緊反覆告訴自己不該讓一時的不安跨過那道他設下的疆界，只是同事只是那些他甚少但偶爾會提起的同事之一，我這麼想著目光卻定格在眼前的畫面。

女子拿出了傘，他和她躲進傘下，至少他不會淋濕我這麼對自己喃唸的同時，他的手搭上了她的肩。而她、親暱依偎在他的胸前流暢得彷彿那已是一種習慣。

太過刺眼。

我並沒有震驚或者流下淚，只是帶著兩把傘茫然走進雨中，或許我早就預料到這一天的到來，只是不願意面對自己的愛情摻進了欺騙。所以只好用更多、更盲目的信任作為遮掩。

空蕩。我的胸口像是破了大洞般毫無遮掩地灌進冷風，但並不會令人死去。只是難受而已。

只是失去自己的愛情而已。

我們能夠得到和失去的也只有自己的愛情而已。無論對方愛或不愛那並不是自己能夠左右，所以少了一份愛情的重量也只不過是讓胸口缺了一塊罷了，雖然有點痛有點遺憾也可能還帶點恨，但也就這樣而已。

從開始到最後，我都認真的愛著那就夠了。

走到了車站身邊有些人帶著慶幸地衝進來，又有些人帶點無奈衝入雨中，或許和愛情一樣來來去去的同時我們失去了一點體溫得到了一些雨水，又或者得到了從另一個人而來的傘。

這把傘。多了。

「給你吧，傘。」

不帶有任何刻意，單純就只是他恰好站在我的身旁。我沒有太多力氣走向另外一個人。我也不願意保留或者丟棄這把傘。

男人接過了傘沒有聲音或許是我沒有仔細聽，總之我轉身走進月台。

傘和愛情都一樣。不屬於我的，儘管當初多麼珍惜終究不屬於我。

之一／在意識之外柔軟的脆弱

很多時候我們會喊著「我不能沒有你」，但究竟是不能沒有對方還是自己不能失去這份屬於自己的愛情，雖然很微妙但並不難分辨，但似乎沒有多少人願意釐清這一點。

像個廢人一樣。

癱坐在沙發上這些日子以來我的意識狀態就陷入一種頹廢而難以挽救的泥沼，縱使以各式的理由說服自己振作，然而曾經那麼認真去愛過的一個人，或者該說是一段感情，從來就無法像開關一般能夠俐落切斷。

就算存在著一個開關而我也不知道那在體內的哪個部分，所以也只能以地毯式搜索般仔細而緩慢的探尋。

茫然眨著眼，目光定著在某個無意義的落點，屋子裡異常整潔。那種異常的程度近乎執拗。

儘管充斥在其中屬於他的氣味並不濃厚，然而透過我自身的鼻總感覺嗅聞到一絲隱微的殘留，於是我反覆幾近瘋狂的清洗與擦拭。

用力抹去。

一個人的沉淪並不單單以雜亂的外貌顯現，我明白這一點，或許太過明白了也說不定，擦拭的同時也掩滅了屬於我的生活感，雖然偶爾會感到些許納悶但泛疼的腦袋卻無法追尋任何蹤跡。

帶著對他的愛情我身上勢必沾染了某些關於他的氣味，因而消除某些屬於我的部分也是一種不得不的割捨。

並不是愛得太深，而是愛得太過認真。

我無法閉上雙眼，那一幕彷彿隨時都會鮮明地跳出重演。他來過幾通電話，仔細分辨似乎比往常多了一些，但或許只是因為我從未接起而禮貌性的撥打。三天還是五天。縱使是短暫的空白他卻未曾出現在門外。

因而我開始在這些空白之中建立假設，我的存在對他而言並不那麼不可或缺，漸漸的在減少的鈴聲次數與長度之中我驗證了這份假設。

所謂的毀壞就是在這樣的默默之中無可挽救。

我不是一個會安靜承受的人，也不是會歇斯底里大鬧的人，也許就介在中間還帶著一點躲避的懦弱，我不打算接受這樣一個過錯。過錯，也許他會這麼說，就像他總是如此替自己忘記赴約道歉一般。

對於他而言或許我總是太過輕易原諒他的一切，然而這畢竟是不同的。有很多人總會天真的以為對方的愛對方的縱容能夠無限延伸，然而正因為愛所以更加不可原諒。

無論如何我們都不能縱容另一個人傷害自己。

這是一個男孩曾經對我說過的話。

那是我第二次失戀但對象卻是同一個人。男孩是當時男友的朋友，或許站在那樣的立場能夠看得比我更加清楚也說不定，事實上那時候的我正因為男友所表現出來的脆弱與懺悔而動搖，但男孩卻堅定的要我離開。

……這樣不算是愛情。愛情的前提並不代表能夠揮霍另一個人的感情。妳越加後退只會讓他更加肆無忌憚的測試妳的極限。

於是我割捨了那段感情。

我沒有再見過男孩，然而他的話語卻像銘印一般成為我的依靠，縱使過了那麼久而關於他的畫面也已經斑駁不堪，我還是會清晰的想起那天的對話。

然後一點一點的聚集自己潰散的意識。

□

我想我們總是高估愛情在我們生活中的重量。

儘管意識有些渙散但即使是細瑣而令人感到煩躁的事務我依然能夠精準無誤的執行，雖然偶爾會忘記進食但人時常都會忘記這些事，通常會由另一個人來提醒自己，就像是勾著我的手說著肚子很餓的苡若或是遞來訂購單的同事。

某種程度上而言，所謂的日常並不單單只是關乎於個人的流程，而是一種整體串連的連續性。世界就是這樣以微妙的方式共同運作著。

不管是失去財富或者失去愛情都無法脫離這樣的結構體，像是人的一生中總會經歷好幾次認為自己即將死去結果卻活得比誰都還要好的狀況，也不是說因為好不容易走過艱難的過程而更加堅強的活著，更多時候反而是因為那樣的疼痛或者苦難而讓個人更加清楚的體驗活著這件事。

或許所謂的失戀也是因應而生的必然，**人總是在失去的瞬間才能理解曾經握有的事物其中意義。**

但儘管這樣的反芻具有正面意義，消極一點來看也只不過是一種自我安慰罷了。

到底想得到什麼樣的答案呢？

是的、這份愛情對我而言是無法割捨的重要。但那畢竟都已經失去了，事後明白這一點也太過殘酷。

不是這樣啊、其實也沒有想像的疼痛，雖然有一點刺痛但還在可以忍受的範圍。然後一邊慶幸自己身上只留下淺淺的傷口，另一方面又會開始懷疑，既然是只能留下淺薄傷口的愛情，就又顯得諷刺。

所以什麼都不要去想說不定才是最好的選項。

就是因為仍然維持一貫的呼吸，不要去特別在意「失去」的延伸意義，只要當作是**一般性事實**來接受就好。

因此那些日常還是相當流暢的進行著，儘管意識有某部分已經潰散。和同事說了再見之後我又突然感到困惑，自己的意識和動作像是能被切割一般，連呼吸都感到厭倦的自己卻毫無停滯的呼吸著，精神渙散地連回想都顯得困難的自己卻精準無誤的處理完報表，人的感受性和事實再怎麼說都是相距懸殊的。

所以可能我並沒有自己想像中那麼愛他也說不定。

恰好是落在並不多到殘酷也不少至諷刺的理想範圍。但愛情實在沒辦法用這麼單純的分配圖來檢視。物理性的事實透過感受性進行解讀本身就是一種極端的誤差。

踩著階梯緩慢的下陷。下陷。對了、大概就像現在這樣，事實上自己的腳正確實的踩踏著階梯，一格一格下降只是一種具實的物理性，卻因為胸口的鬱悶而轉化為自己精神性的陷落。

他又打了一通電話過來。

在呼吸與呼吸之後我終於接起。也許是趁著中午的午休時間偷偷找了一個空隙能夠滑出他所處的世界，我所聽見的回音或許是他隱匿於樓梯間的結果，我的存在以及我的愛情都是藏匿在他生活的夾層，連帶的我也無法讓他彰顯在我的生活裡，所以抹滅了愛情的表象並且進行著流暢日常的我，在任何人眼中都沒有任何改變吧，那麼這段愛情究竟帶來的是什麼？

我並不冀望在愛情之中得到些什麼，卻也無法忍受在付出之後看見的依然是一片荒蕪。

「為什麼這幾天都不接電話？」我仔細的分辨但之中確實是惱怒而非擔憂，我稍稍皺起了眉忽然找不到合適的回應，於是在太過匆促的停頓之後他的聲音再度落下，「明天我會過去。」

宣示性語句。到底是什麼時候我和他的關係扭曲成現在這種樣態呢？起初的他會使用溫柔的詢問語調，明天我可以過去嗎，用著這種混著期待感與體諒的口吻，在我們之間有一塊極為柔軟的腹地作為緩衝，但那塊腹地卻逐漸被他侵略成為他的領地。

「明天、我已經跟朋友約好了。」

我既沒有辦法裝作什麼事情都沒有的面對他，也不能堅決的拆穿他，兩者都是需要極大的勇氣才能夠達成，目前的我只能一點一滴的凝聚。還需要時間。

因為不單單是割捨他這個人以及屬於他的一切，**更重要的是割捨屬於我的愛情以及沾附上他的我的部分**。真正的猶疑與疼痛通常都是來自這部分。

很多時候我們會喊著「我不能沒有你」，但究竟是不能沒有對方還是自己不能失去這份屬於自己的愛情，雖然很微妙但並不難分辨，但似乎沒有多少人願意釐清這一點。反正是黏附在一起的事情。抱著這樣苟且的心態一邊攪和著疼痛和混亂的什麼，最後或許會莫名其妙的走到終點，不過通常是以更不留情的方式切斷這些沾黏在一起的人事物。

「不能取消嗎？我可是好不容易才排出時間。」

「沒有辦法。」

於是他帶著氣憤掛斷了電話，絲毫沒有察覺我明顯的差異，例如語調例如對話的內容例如我沒有一如往常關心他的日常，或許這些行為對他而言太過微不足道而不足以成為差異的顯現。

這樣的男人即使割捨也不會感到可惜，讓人感到疼痛的果然還是自己的愛情。並不是無法離開對方，事實上他的存在也只是像拼湊的片段般零碎，讓人惆悵的是自己羅織的美景以及投注的感情，如果否定這個男人似乎也等同於否定自己的愛情，懷抱著這樣的拉扯一秒鐘一秒鐘持續增加自己的傷痕。

讓自己受傷的或許是對方，但讓自己越傷越重的卻是自己。

緩慢地我呼吸著，踩踏著階梯怎麼像是走不完的陷落，我的左腳碰觸到邊緣的瞬間有些什麼竄上我的胸口但我的意識似乎還是回轉得太慢，像是放任一般的讓自己的身體滑落，事實上我的手卻努力試圖攀抓些什麼。但身旁卻什麼也沒有。

我沒有閉上眼睛但卻看不清眼前的畫面，下一個瞬間我以為會重重摔落在地面卻撞擊上某個柔軟的物體，我的左腳踝異常的疼痛，泛著淚光在恍惚之中我看見他。

短暫的凝滯。意識的某個部分忽然崩裂了。

模糊之中陌生人的雙眼不帶有關心也沒有厭煩的意味，就只是一個順手的承接，然而無論他基於什麼出發點，他所伸出的手確確實實接住了我。在我放棄任何得救的機會、在我等待著接續的摔落之中**他的的確確拯救了我**。

隱約的溫熱透過衣服穿越肌膚滲進血管，快速的循繞著整個身體，無論是多麼細微的位置，四肢末梢或者大腦白質的深處都接收到那細小的分子。不經意傳遞而出的。或許他並沒有這樣的意圖但我卻近乎貪婪的汲取。

於是在他遞來面紙時我才發覺自己的淚水不知何時已經安靜的滴落。

以一種靜謐而絕對的方式緩慢的滑落。

我突然發現，在這個日常的世界裡因為他並不是具體的存在所以無法訴說；而在他所建構出來的世界之中卻充滿著他的氣味而難以棲身。所以眼前這個男人的出現彷彿帶來一個喘息的餘地，**在日常世界的延伸卻又像是另一個建構出無人知曉的空間**。

穩定的呼吸完全不足以供應我所需要的氧氣。因為並不單單在一個世界裡存活，但日常生活裡我只能以這樣的方式呼吸、他的世界裡又要努力屏息，所以我一點一滴被耗盡。

最後像是忽然明白這一點，我用力的、極盡用力的大口喘息。

「很痛嗎？」

看著站在眼前的男人雖然他的語意百分之百指的是我的腳踝，但我卻感覺那裡隱藏著濃烈的弦外之音，像是問句的本身跨越了眼前物理性的事實，而指涉更深沉的意識或者所謂的感情或者心。

……妳的心很痛嗎？

眨了眨眼他依然以同樣的姿勢站在我面前，沒有更進一步的打算也沒有後退的跡象，或許只是一種恰好但他似乎正踩在某條無形的界線上，在我伸手可及的範圍卻又不冗自闖入；我的眼淚也許已經不再滑落，乾涸之後的液體帶有拉扯的意味在雙頰蔓延開來，也確實將我拉回靠近日常一些的現實。

不得不承認我的確需要來自於某個人的溫暖。

眼前這個陌生的男人建構而出的空間或許在他離去之後就會被關閉，但我的呼吸逐漸和緩，沒關係在這裡可以比平常更用力一點呼吸沒關係。

「還好。」一整天幾乎沒有喝水我的聲音顯得有些乾啞，帶有更多意味的我確實相當感激他的出現，「謝謝你。」

「還能走嗎？」

「只是稍微扭到而已……」

尾音還沒完全消散，我試圖跨出的左腳卻徹底背叛我的意志，起初並不帶有逞強的打算，只是單純認為真的沒事，真的，雖然這樣解釋會讓人更加堅信自己只是在逞強，但其實只是我沒有發現事情的重量而已，就像我時常會低估紅茶裡該放的糖一樣，當對方說著「這樣不會很澀嗎」，才剛搖頭說完不會滑進口中的液體卻讓我皺起了眉。

我相當不擅長估算事物的程度。

愛情也是。所以等到我發覺的時候都已經超出我所能負荷的程度了。

人永遠都無法了解自己究竟能夠付出多少或者能夠承受多少，例如某些人對於身上不小心被刀劃過的淺淺傷痕像是對抗巨大創傷般精神緊張，同時又有某些人看著身上逐漸加大的潰爛卻漫不經心相信那點程度的傷會自動癒合。

所以我時常抱有「到這種程度的投入我還能夠負荷」，結果總是發現那已經是無法簡單割捨的狀態了。

「沒辦法走吧。」

男人的聲音沒有明顯的感情，像是剛好不趕時間又具備責任心的路人，既沒有匆促厭煩也沒有熱切的關心，但他的手卻用力支撐著我的重量。

支撐。

有一個人正分擔著往常我必須孤零零但仍不得不獨自支撐的重量。

「好像、比我想像的嚴重一些。」

說完這句話兩個人陷入了微妙的僵持，他似乎並沒有打算讓他的責任心延伸出這個範圍，而我也無力走出這個場域，於是在不願意走出與無法走出兩個截然不同的起點出發最後走到了相同的終點。凝滯。

「可以請你送我到醫院嗎？大約十分鐘的路程就能到的距離。」

最後我打破了凝滯並且以對方難以拒絕的姿態軟性逼迫他和我移動至另一個區塊。這似乎是不得不的選擇，在三個呼吸的停頓之後他扶起我，但才前進兩步立即發現對我而言行走已經太過艱辛，雖然能夠將所有的力量放到右腳，但移動的瞬間卻帶給他極大的重量。

沒有多餘的言語也沒有禮貌性的詢問，他乾脆地抱起我並且在負荷我的同時極力忽視我的存在，彷彿這已經超出他的道德義務，但這事實上也超出了我對他人的依賴。儘管是不得已的狀況，但我們心中的寬容卻無法完全抹去那份不安定。

雖然認為自己應該說些什麼，這種情形下通常要有一方負責打破凝滯的空氣，不管是單方面的用力搧風或是兩個人合力打開窗戶都可以，至少不會放任陌生的兩個人並且在這種可以說是非日常的狀況下沉默不語。

然而我並沒有那麼多的氣力。

我所能考量的只有到了醫院之後我該如何回家。或許能夠請護士攙扶到門口接著坐上計程車，最後無論是拜託司機或者自己奮力走完最後那段距離似乎都是合理的選項。或是請朋友來醫院接我回家，雖然很不願意，但適度的依賴他人或許能消弭一些我所感受到的孤單與不安。

或是他呢？

我的手不小心抓緊了男人的手臂，很快的我鬆開手但他並沒有任何反應，連說句對不起都找不到適合的接點所以也就只能放棄。我的掌心微微發熱一邊想著如果打電話給男友他會不會顯現一絲焦急的感情，會不會放下手上的事務趕來醫院呢？

雖然已經做好割捨的決定，卻還是想試探對方的感情。對於這樣的自己我感到有些卑劣，然而並無法遏止自己的思緒。

「需要我留下來陪妳嗎？」

將我放置在椅子上男人以緩慢速度說著，我抬起眼望向他，雖然是陌生的臉龐卻有些許的熟悉感，思索著他的話意我的內心有些微的動搖，微微傾斜的姿態，不仔細看無法分辨但只要放上一顆圓球就會瞬間明白傾斜的事實。但這樣的傾斜是必須被修正的。

不是因為他是陌生人，而是如果這一秒鐘抓住了他或許在他離去之後我就無法獨自面對空蕩蕩的現狀。

我的意識還處於荒廢的狀態。

「沒關係，我會打電話給朋友，不好意思麻煩你送我過來，真的很謝謝你。」

「只是預防萬一，」他從包包中拿出筆記本隨意撕下一頁，拿著筆的手快速地移動，「如果真的沒有辦法就打電話給我吧。」

接過他遞來的紙張我輕輕點了點頭，想說些什麼最後卻只能看著他發愣，連再見都沒有說等到發覺他的背影已經壓縮成保特瓶大小的高度，手中握著留有他的電話號碼可能還有些餘溫的紙張。

我的左腳踝忽然劇烈發痛，用力的我捏緊紙張，伴隨著疼痛我的身軀之中巨大的寂寞瞬間爆裂，我抱著膝蓋盡可能的蜷曲，殘餘的溫度卻抓握不住是我們永遠無法承受的虛幻。

於是我放聲大哭。

劇烈的。彷彿以掏空自己作為一種前提般的劇烈。

或許在耗盡之後我們才有重生的可能。

之二／那是一種情感性的需要

一次意外就能奪走一個人的人生，就像他失手殺死我的愛情一般，就算是意外也無法有下一次。

愛情已然死去。

我並沒有打電話給他。

不管這個他所指涉的是誰。

處理之後我的腳踝勉強還能夠行走，處於一個人有點辛苦但找來另一個人又似乎太過兩者之間，然而在包紮之後我撥了苡若的電話。不是腳的問題，而是我需要某個人。

人的寂寞或許就是從這種模糊地帶開始衍生也說不定。

一個人雖然有點難以承受但並不是負荷不了，想尋求某個人卻又因為重重思慮被困阻，在搖晃的同時震盪出一條淺淺的縫隙，或許我們選擇承受、接著一次又一次漸漸忘記如何尋求另一個人的方法；又或許我們總是毫不考慮的拉來某一個人，得到陪伴的同時、也緩慢失卻獨自面對的勇氣。

所以到底什麼時候該承受什麼時候該找人陪伴絕大多數的人並不能妥切掌握。於是寂寞的人就越來越多。越來越寂寞。

我望著清潔、死白而冰冷的長廊，濃烈的藥味竄進鼻端，類似宣示的動作一樣，無論如何我們都不能忘記自己正待在醫院，因為不是可以久待的地方。躺在病床上盯著空白帶有荒涼感的天花板，雖然能分心看著電視或者書籍但卻定不下心來，雖然是幫助自己恢復健康的地方但不知道為什麼在回復健康的同時也一點一滴吸取自己的意志。

我想起那個時候躺在病床上。

□

高中二年級的冬天，最不適合待在醫院的季節我卻整整躺在那張病床上一個月，因為左腳骨折的關係。也許是從那時候開始我的左腳和右腳就出現差異，任何的損傷都被左腳承受，右腳卻像事不關己一樣吸取著營養。

「如果旁邊沒有人的話，說不定就不會那麼快痊癒了。」我比預定早了一星期出院。在出院的時候我對隔壁病床同樣是骨折的男孩這麼說。「醫生說我三天後就可以出院了，這樣說有點奇怪，但如果不是骨折我們就不會認識了。」

說是認識其實很勉強，雖然身處同一個病房將近兩個星期，但除了彼此骨折的狀況、復原的進度和難吃的病房餐點之外，我連他的名字也沒記住，一開始似乎知道但因為都你你你這樣叫所以早已經在記憶之外，唯一記得的只有某些零散的對話。

「妳叫什麼名字？」

「袁語忻。」

「袁雨星？」他忽然笑了出來，「很奇怪耶，都下雨了怎麼還會有星星？」

「不是那個雨星啦，是國語的語，心字旁加上公斤的忻。是開心的意思。」

「那妳笑一下我看有沒有開心的感覺。」

然後我笑了。不是勉強的笑而是因為男孩突來的要求讓我覺得很好笑，那一瞬間的純粹現在就連想像都有些模糊，就這樣笑出來了，簡單清晰的敘述句實際上卻是相當困難的一個動作。

「那妳記得以後都要這樣笑，這樣就算過了很久只要看見這樣的笑容我就會認出妳。」

「那我要怎麼認出你？」

「嗯……」男孩沉吟了一陣子像是想到什麼一樣，「既然妳笑的時候我會認出妳，那就在妳哭的時候就會認出我來了。」

「為什麼？」

「因為難過的時候就需要人陪啊。」

為什麼會突然想起男孩？或許是他同樣是處於日常延伸世界中的人，如果沒有他的話或許我就會多一個悲慘冬天的記憶；然而我好想告訴男孩，即使需要人陪伴卻不一定能夠得到自己所需要的陪伴。

又或許、連我們自己都不知道自己所需要的陪伴到底是什麼。

「語忻。」順著聲音我抬起頭來，踩踏著急促步伐的苡若快速的來到自己的身邊，全身散發著焦急的氣氛，她總是這樣真心的為其他人付出感情，或許正因為這樣的真心讓我感覺自己和她之間始終有一段難以跨越的距離，「妳沒事吧？」

我搖了搖頭。「不是很嚴重的事情，只是剛好扭到左腳踝沒辦法自己走而已。不好意思讓妳特地跑一趟。」

「客氣什麼啦，又不是很遠。我先送妳回家吧，妳臉色很差還是早點休息比較好。」

苡若扶起我，兩個人用著不順暢的步伐緩慢前進。作為對比，她的話語相當流暢地充斥在兩人之間，貼近的手臂傳來溫暖的感受，至少讓那寂寞的裂縫稍微被填充。

「苡若、謝謝妳。」

「如果是我打電話給妳，妳也會像這樣跑來吧？既然是妳也會為我做的事情，那就不用說謝謝了不是嗎？」

儘管如此我還是相當感激，沒有她的攙扶或許一不小心我就會踩空在寂寞的裂縫；然而很多時候涵藏在底層的感謝沒辦法好好的被說出口，謝謝，最後也就只能這麼輕輕的說了。

□

雖然偶爾會傳來隱約的疼痛，但我的腳踝已經復原得差不多了，說不上是快速或者緩慢，在時間一分一秒的揮散擴大到一日一日的流逝之後隨著量距加大時間感也相對模糊了。

連帶對於他的存在我也開始懷疑，說不定打從一開始就只是想像也說不定。

但今天開門的時候卻看見他。

沒有多說什麼例如我很想妳這類的安撫、好久不見這種禮貌性說詞，或是我可以進去嗎最基本的詢問都沒有，在我打開門盯望著他的同時他就逕自切斷我的視線、帶著壓抑的怒氣走進屋裡。

我想起今天是星期六。他一貫出現的日子。

坐在沙發上他沉默不語，彷彿是以這樣無聲的姿態宣告我的過錯。他等著我的解釋，關於不接電話與拒絕不久前他的約會。

為什麼人跨越了某一個臨界之後就會開始認為自己的所有要求都不該被阻絕呢？

緩慢地我走向他，停在一個我認為適切的位置，他的視線轉向我彷彿對於這樣的空白極為不滿，於是他站起身，身軀之中醞釀著移動的意味，但在他確實移動之前我的話語瞬間凝結了他的任何延伸。

「我們分手吧。」

「妳在說什麼？」怒氣包裹在問號底層但在憤怒即將竄出表層之前，他似乎明白這並非玩笑或者是爭取他注意的手段，於是他放軟語調，以他一貫掩蓋裂痕的方式，「妳在氣我陪妳的時間太少是不是？我說過那是工作沒有辦法，這也是為了我們的將來要趁現在好好努力啊。」

……**將來**。

我皺起眉看著他。他總是以將來為基底構築美好的藍圖，但卻忘記鋪設一條從現在通往未來的路徑。

「那為什麼不讓我進到你的生活，你也不願意進到我的生活？」

「我不是已經跟妳說過，我不想要我們之間有任何干擾，這樣屬於兩個人的生活不是很好嗎？」

愛情會讓人迫切的想滲入對方的生活，至少我不斷的在忍耐。這樣「僅屬於」

兩人的生活對我而言一直是種壓迫。

「我們分手吧。」

「語忻……如果妳堅持的話，那下次公司聚會我帶妳一起參加，或是找一天回我家吃飯，這些都好……」他大步邁向我拉住我的雙手，「不要生氣了，晚餐還沒吃吧，上次妳不是說有一間想去的餐廳嗎？」

沒有揮開他的手也沒有任何動作就只是安靜地看著他，事實上他的確主動談論過關於未來、關於結婚這類具體的事情，也因此我反覆說服自己他確實是將我放置在他的未來之中，然而在這一瞬間我忽然明白，那並不是全然因為愛或者在乎，而是我適合被擺放在他人生中的那個位置。

適合當妻子的人。他曾經這麼說過。

然而無論如何我可以忍受任何失衡或者任何他的蠻橫，卻無法忍受他的愛情被瓜分。連一點也不能忍受。

「那個女人。」我直直的望向他，「我沒有為任何事生氣，那個女人，這就是我要分手的原因。」

「語忻，妳一定是誤會了……」

「不要對我說謊，愛情會讓人盲目卻也會讓人看得更清楚，所以這種事情對我說謊是沒有用的。」

一直以來我也只是不斷忽視而已。

他將我的手握得更緊。

「那、那……那只是意外，我知道我錯了，不會有下次，妳相信我絕對不會有下次。」

一次意外就能奪走一個人的人生，就像他失手殺死我的愛情一般，就算是意外也無法有下一次。

愛情已然死去。

鬆開他的手，緩慢地我往後退，「我們分手吧。」

□

蜷曲在沙發上我又刷洗了一遍屋子。

他的氣味終於消散，我發現自己體內充滿著哭泣的欲望然而眼睛卻異常乾澀，持續膨脹的情緒找不到出口而擠壓身軀，亟欲爆裂。而我只能試圖將身體縮得更小以物理性的作為壓制體內情感性的巨大力量。

醞釀失去或者決定失去與真正失去終究是不同的。

用力眨眼或許這樣能夠讓眼淚流下，沒有辦法，不管怎麼樣都沒有辦法。我自己沒有辦法打開水閥。

保持著蜷曲的姿態奮力伸手抓取擺放在桌上的手機，用力抓握的同時我卻開始恍惚，那一組又一組的號碼到底在這種時刻我能撥打給誰呢？

差一點我就按下苡若的號碼，但在中途我卻猶疑，關於他的一切本來就存在於日常之外的另一個世界，如果牽扯進苡若那麼我就無法順暢的將這個世界封口。無論如何我不想讓飄散的愛情黏附上「屬於我並且沒有他」的世界。

於是我按下那組沒有名字的號碼。

我明白或許這一點用處也沒有，也許我該打張老師專線之類的電話，再怎麼樣都會有一個人親切的回應，但那是不同的，雖然無法清楚說明但光憑感情就能判斷那是徹底不同的兩回事。

電話另一端傳來單調的聲響，以固定的時距固定的音高在我腦中撞擊，緊握住手機的右手從泛白到泛紅，最後在第五遍反覆的中途我掛斷了電話。

跟我一點關係也沒有的人為什麼必須承接我的痛苦呢？

但是下一秒鐘電話鈴聲卻響起。

鈴聲塞進過於安靜的屋子，以發著亮光的物體為中心，或許有機會連結上能拉開逃生門的人喔，像是這樣說著並且持續的響著，錯過就會爆裂也說不定，鈴聲停了之後就算再撥打一次可能就失去效用了，就像過期酸敗的蜜柑不能吃就是不能吃。

連結的可能性隨時會中斷噢。不知道在哪一個瞬間就會突然安靜下來噢。這是沒有辦法事先預告的噢。村上春樹式的語感充滿違和地環繞著我的思緒。方才耗費極大氣力才撥打出的號碼顯示在冰冷的螢幕上，我的思緒劇烈拉扯，瀕臨爆裂的我根本無法承受這額外的衝突。

拋去所有理性我無法再進行任何考慮。

不知道在哪一個瞬間就會突然安靜下來噢。

於是我接起電話。喉嚨卻乾澀的發不出任何聲音。

「請問剛剛有人撥打這支號碼嗎？」

「喂？請問有聽見我的聲音嗎？」

……有聽見我的聲音嗎？

「我……」

好不容易將聲音從喉嚨擠出卻無法有所接續。水閥瞬間被扳開了。

……我需要你。

我開始哭泣。劇烈地哭泣。用力握著手機彷彿那是一條能夠拯救我的繩索，我拚命的、拚命的將身軀之中的痛苦排泄而出。

之三／透著微光的出口

我並不是一個特別會留戀的人，也沒辦法毅然決然扔棄一切，唯一會被貼上標籤特別註記的就是：戀愛的時候就會無可救藥的陷下去。

他沒有把電話掛斷，而是安靜的聽著我哭泣。我想他是在聽著。雖然沒有聲音但卻有被聆聽的感覺。

終於停歇並且恢復思考已經是三十分鐘之後的事情了，轉為抽泣卻還是說不出話來，好不容易能開口時他已經整整接收我的情緒四十分鐘了。

「對不起。」

「好一點了嗎？」

「嗯、對不起……我……」停頓了一下用力吸了好幾口氣，發熱的身體我感到有點暈眩，「我不知道該找誰才好，所以……對不起……」

會被當成奇怪的女人也說不定。冷靜下來才發現這根本是解釋不通的行為，因為不知道該找誰所以撥了一個陌生男人的電話，什麼話也沒說就哭了四十分鐘，除了道歉之外大概我什麼也做不了吧。

「沒關係。」

……沒關係？在我理解之外他用著冷淡的語氣說著。雖然字面上是相當溫暖的意涵，但實際上卻是包裹著相當冷淡的口吻，不知道為什麼我突然感到些微的安心，就像那唯一一次見面從頭到尾他都是一貫的冷淡，卻安全的將我送到醫院並且像是替我準備好後盾般遞給我電話號碼。

發自內心的溫暖比任何宣揚性的動作更令人撼動。

「謝謝你。」

「既然沒事那我掛電話了。」

「我……你能聽我說話嗎?十分鐘……不用、五分鐘就可以了，因為沒辦法跟身邊任何一個人說，但如果不說出口的話我想我沒有辦法一個人承受……我知道你沒有義務聽這些，這樣的要求我也知道很無理，但是、但是……這個時候出現的你對我來說就像個出口一樣的存在，這當然是我一廂情願的想法，能不能再給我幾分鐘，不會有下次了，真的……」

「我現在就在聽妳說話。」

我就在聽妳說話。我在聽。無限放大般的在我腦中迴盪，那裡有人正在聆聽著我。

「……謝謝你。」

他並沒有任何回應我深深吸了一口氣，等了幾秒鐘接著像是得到默許一般我盡可能的將想說的話組織起來。

「我失戀了。」用力抱著自己的膝蓋，雖然全身開始僵硬但不知道突然鬆開會不會連自己也一起散落，「和他交往將近兩年，其實兩個人的關係慢慢變質，但因為一直刻意忽視所以到了連否認都沒辦法的地步一口氣斷裂，就像一開始發現柳橙的皮上有類似發霉的白點，卻告訴自己那只是灰塵而刻意避開擺放柳橙的位置，最後不得不面對的時候已經是連想到要用手碰都會感到噁心的程度了。

「他從來不讓我出現在他的生活，也不願意進入我的生活，所以就算失去對方或者失去愛情我的日常生活也像是沒有變化一樣，如果和朋友傾訴就連平常的生活也必須面對失去這一切的痛苦了……雖然他確實有思考過和我的未來，不是想自我安慰但他的確有將我擺放在未來這個構想裡，只是他的構想和我的不同。」

在間隔中我聽見他安靜的呼吸，我發覺自己眼角滑出透明的液體，我並不想去擦拭那或許是一種淨化。將我體內屬於愛情的殘留排出。

「我看見一個女人親暱的依偎在他胸口，雖然很多事情都可以勉強自己忍受，但唯獨這件事情無論如何都沒辦法原諒，所以鼓起勇氣之後沒有轉圜餘地的提出分手，就算知道這是必然的發展但痛苦或者悲傷這些情緒根本沒辦法用理智說服……不知道為什麼光靠自己根本哭不出來，不管是聽悲傷的音樂或是看讓人難過的電影，只是讓自己更加難以呼吸而已。

「有時候會在半夜醒來發現自己臉上全是淚水，可是一清醒就怎麼樣也哭不出來了……就像是理智上知道失去也承認失去了，但是我的身體和我的感情卻還沒有辦法接受這件事。」

很多事情，光憑理智是沒有用的。

終於能夠對哪個人說出這些話，身體和感情雖然速度比較慢卻有慢慢前進的跡象，因為看到出口所以有了前進的可能。

但是就到這裡為止吧。

任性也有一定的限度，安靜聽著自己說話的對方，能夠做到這種地步也只能說是自己異常幸運。

「謝謝你。」我說，「謝謝你願意聽我說完。」

「妳……」他嘆了一口氣，這是他第一次顯露出自己的情緒，我等著他的接續卻像是只是忽然切錯頻道一樣他又回復起初的態度，「那我掛電話了。」

沒有任何空隙他切斷了連結。

□

這些日子以來我開始習慣對著手機發呆。

蜷曲在沙發上盯著像睡著一樣的手機，暗滅的存在卻透著那也許是零又也許是無限大的光亮，我們膜拜著神祇相信著認真祈禱願望就會達成，雖然只是祈禱，也許只要注入意念鈴聲就會響起。縱使知道這樣的念頭太過荒謬，但人並不會因為猶豫沒有用而不猶豫。

我想好好對他說聲謝謝。

但我說過不會再撥給他。不會有下次。我是這麼說的。

過了兩個多月，淤塞在胸口的感情也逐漸被清空，進行著分類貼上留下、丟棄的標籤，或是將丟掉太過不捨但留下卻沒有任何用處的部分打包放進深處，我明白回憶沒辦法如此簡單歸類、即使歸類也不會隨心所欲的遺忘或者歸檔。或許更精準的來說是整理我自身的感情。

我並不是一個特別會留戀的人，也沒辦法毅然決然扔棄一切。落在最一般的中間值。哭的頻率笑的頻率或者生氣的頻率大概屬於不引人注意的正常值。唯一會被貼上標籤特別註記的，就是像讀著個案敘述有幾個地方會被特別畫上底線，戀愛的時候就會無可救藥的陷下去。

因為要認真的愛。大概是抱持著這個不知道從哪裡萌芽的核心信念，總之等我釐清的時候就像人格特質一樣黏附在我身上，因此即使存有理智卻把判斷能力打上死結，我的感情不是拖到消散就是另一方做出毀壞愛情的舉動，大多數是出軌。

雖然知道這樣不好，然而另一個無可救藥的地方是相信終究會出現一個對的人，是認真愛就會愛到底的人。

然而在反覆的跌撞之後我開始感到恍惚，明明是應該如此依循的道路卻因為相信而絆了腳，我的世界和這個我實際行走的世界到底有多大的落差呢？或許我就是跌落在疊合不上的部分也說不定。

才剛將視線拉離手機下一個瞬間鈴聲就從那一點迸發。轉過頭呆愣的望著振動並發著光的物體，最後終於確定那不是海市蜃樓或者幻覺。

鈴聲響了。

「……喂？」

「語忻妳出門了嗎？」

「什麼？」愣了一瞬我才認出另一端是苡若，「我在家啊。」

「妳該不會是忘記了吧，上星期約好今天要出去的啊，我就知道妳那時候看起來像在發呆一定會忘記，快點喔，兩點半在車站。」

簡單的講過幾句話掛了電話我才拼湊起來，將手機扔進包包拿了掛在衣櫃最外面的衣服，穿了外套赴約總比獨自待在屋裡好，我想。

「語忻，這裡。」苡若揮動著右手即使是這麼顯眼的動作卻沒有引起路人太大的注意，因為不是向著自己所以對方多麼賣力揮動也無所謂，「就知道半個小時前通知妳剛好。要是換了我就算妳提早一個小時打給我，我還是來不及。」

我扯開笑容，除了苡若之外還有公司裡幾個走得比較近的女同事。這個圈子可以說是靠苡若圍繞而起。

為了讓自己不那麼孤單而手拉手圍起的圈。

「假日就應該跟朋友出來，關在家裡是不會有桃花的。」

「對啊，辦公室戀情什麼的太麻煩了，而且有價值一點的男人根本不會單身進公司。」

「所以說愛情還是要先下手為強啊。」

「聽起來有點難過耶，以前只要低頭微笑就有人會走過來，現在居然要微笑朝別人走過去，雖然主動沒有不好，但追人跟被追心情還是不一樣。」

「現在小女生也很主動啊，總之先要有對象再來考慮被動還主動吧。」

「語忻妳怎麼都不說話？在發什麼呆？」

「嗯？」等我回過神來所有人的視線都落在我身上，「沒有，可能因為剛睡醒。」

「這樣啊，那先去喝點東西吧，妳也可以慢慢清醒。」

跟著同事們走著，這時間即使是假日車站裡的人也顯得稀疏，如果再待久一點說不定又會想起那一天，那把遞交給另一個人的傘或許讓那個人安然的走過那場雨。

但那樣的滂沱還是會打濕他的外衣吧。

然而那場雨卻只下在藏在夾縫之中的世界。他站立的位置下起了雨，跟其他人沒有關係的雨，而他躲進了另一人的傘下，剩下我拿著傘走進雨中。我忘了撐開傘，握緊傘縮放在胸前的雙手，模糊之中或許我正反覆的對自己訴說。

我並不是沒有傘。

我的腳步因為太過緩慢而逐漸加大和同事們的距離，終於斂下心神卻在拉回視線的弧度之中看見一道熟悉的身影。於是我正欲加快的步伐卻反向凝滯。

……是他。

「不好意思，我突然想起我還有點事，今天不能跟妳們一起去了。」

「人都已經到這裡了……」

「因為突然想起來……」眼角的餘光跟隨著他的身影，說不定晚個一秒鐘就會來不及，所謂的偶然無法被期待還會有下一次，「抱歉。」

說完我毫不猶豫的邁開步伐，加快腳步幾乎到了奔跑的臨界，越靠越近也越能確認那的確是他。

一定要好好說出謝謝。

就在面前了。

一定要好好說出謝謝才行。

在我的聲音能夠被擠出之前我身體更加積極的傾向前，彷彿我的身體我的情感比我的理智所理解的還想要拉住他。最後我拋出的右手劃過他的手肘而後抓住他的手腕。

太過突兀。卻因為如此突兀讓我明白他所給我的支撐有多麼大。

或許他只是安靜的聆聽，又或許他只是出於禮貌性扶助從樓梯跌落而下的我，然而我想那些動作並不是真正的重點。而是在那個瞬間他嵌合進了那個位置。

像是出口一樣的存在。

情感性是無法被簡單解釋的。

停下動作後他訝異地看著我，為什麼我總是以這種姿態闖進他的生活？

「不好意思……」放開手稍稍往後拉開距離，我緩緩吸了一口氣，「請問、

你還記得我嗎？」

微妙的間隔。

「嗯。」

在短暫的空白之後他揚起淺淺的笑容，和我印象所及的冷淡截然不同的姿態，我眨了眨眼放心的扯開嘴角，鬆了一口氣般又擴大了笑容。

「我一直想好好跟你說聲謝謝，送我去醫院的時候沒有說，打電話給你的時候也沒有好好說，但是我真的很謝謝你。」

再度。微妙的間隔。

他淺淺的微笑似乎僵在臉上，又或許是錯覺，但他慢慢的吸了一口氣旋即收起弧度又回復到印象中那個冷淡的樣態。

也許是他並沒有認出我，而是在我說完那段話之後想起我是那個「奇怪的女人」。

「我……」

「妳不用放在心上。」

「我真的很想對你說聲謝謝。」我說，「如果沒有你的話我根本沒辦法好好整理自己的心情，如果旁邊沒有人的話，說不定就不會那麼快痊癒了。」

他安靜的注視著我。彷彿要找些什麼卻又找不到。

「因為妳的傘，讓我不用淋濕，所以妳想感謝的那些，就當作是我的回報吧。」

……傘。

所以接過傘的人是他？

「我會把傘還給妳。」

「不用了。」我斂下眼，「你要留著或者扔掉都沒關係，本來就不屬於我的傘，只是碰巧留在我那裡，所以你收下那把傘我還應該跟你說謝謝。」

「既然這樣，如果沒事的話我先走了。」

「我……」

他看著我。等著我的接續。

「能告訴我你的名字嗎？雖然不會再見面、我也說過不會再打電話給你，但我還是想知道你的名字。」

在兩個或三個呼吸之後我以為他會轉身離去，但他卻緩慢的開口。

「徐世曦。」尾音還沒完全結束他就轉過身，看著他的背影卻在定格之中聽見他的聲音，「妳想打電話是妳的自由。」

盯望著他逐漸縮小並融進人群之中的身影，眨了眨眼反覆想了幾次他留下的語句。妳想打電話是妳的自由。我喃喃複誦著這句話，彷彿他正說著我不會剝奪妳的自由或者權利一樣。

他的身影終於踏出我的視野，我也終於完全理解他的話意。我可以再打電話給你嗎？如果我這麼問的話，這句話就能當作是答案吧。

所以、他是一個習慣繞圈說話的人吧。

之四／跌落之後所撞擊而出的

他安靜的凝望著我，臉上沒有明顯的表情但雙眼似乎瀰漫著無奈的意味。無奈。我想著這兩個字，在所有我揣想過的情緒之中無奈並不在其中。我看著他走向床邊的椅子絲毫不出聲的坐下，略顯僵硬的身軀彷彿在醞釀又像在壓抑些什麼。

他就站在我面前。

這個已經從男友位置被強迫移到前男友區的男人，正站在公司前的階梯旁。

我和他之間相隔著三個階段的高度，空氣以凝結的方式在我和他周圍切畫出一個凍結的立方，彷彿可以感覺到伸手可及的距離外空氣流動的聲音，但在這個隱形的區隔中卻像真空連一點氧氣也不留；其實是聽不見呼吸的，然而彼此的喘息卻在意識之中被無限放大，我看著他上下起伏的胸口，聲音就是以這樣的方式擊破我的意識。雖然聽不見但確實的佔據了我的雙耳。

他正極力壓抑或者，醞釀著什麼。

「你來這裡做什麼？」

沒辦法繞開。他並不是一個可以容忍自己被忽視的人。而更重要的是，縱使是已經消逝的愛情，但黏附在彼此肌膚上的關係線並沒有辦法輕易被清除。只要某一方用力的拉扯仍舊會產生撕裂般的痛楚。

「已經兩個多月了，妳的氣也應該消了吧。」他用著極為寬容的口吻凝望著我，「我那麼愛妳，我也知道妳很愛我，語忻，妳想要什麼我都可以彌補妳。」

感情是沒辦法被彌補的。

……即使以愛情為前提也不代表能夠揮霍另一個人的感情。

在真空中所看見的他，或許因為失卻了空氣因而任何他所指涉的感情都未傳遞到我身上，皺起眉我安靜凝望著他，對於他的愛情已經崩解了。或許女人在這部分比男人更加殘忍也說不定，雖然愛得比對方深、也容易像面對無底洞一樣拚命拿出自己的所有填補，但一旦決定斷卻就更加義無反顧。

因為沒有留下讓自己能夠後悔的餘地，所以瓦解之後也就沒有修補的可能了。

「我說過我沒有生氣。」我盡可能用著不那麼冰冷的語調，「結束了就是已經結束了。」

「袁語忻，我都已經讓步了妳還想怎麼樣？」

「打從一開始我就沒有想怎麼樣，我只想分手。」

他深而重的呼吸，或許我該感到開心甚至於感激，畢竟像他這樣的一個男人能夠等候幾個月並且努力挽回，**也許能夠相信他吧**，但這個念頭卻始終沒有出現在我的腦中。

堅決的我走下階梯，一步、一步確實的踩踏著，經過他身邊的瞬間像是終於用力剝離黏附在我肌膚上的情感，刺痛的感受無法遏止地蔓延，疼痛的同時卻又明白那是痊癒的起點。

然而在這一個呼吸的尾端還未能流暢的連接下一個呼吸的切分之間，劇烈而突然地他扯住我的手，儘管理智上能夠理解那是一種強烈的挽留意念，然而在失衡的彼此，不、這瞬間我更加具切的意識到扭曲的其實是我所處的位置，長久一來一直以不舒適的姿態彎折我的身軀，只為了能夠嵌合進那夾縫中有他的世界，所以這一秒鐘我失去平衡也是理所當然的吧。

雖然他所能看見的只有物理上的事實而已。

帶著一點驚恐他更加用力的拉住我的手，但我已然踩空的雙腳卻因為他猛然的施力而更加失卻任何著地的可能，放開我，這時候是無暇說出口的，沉溺在愛情之中即將窒息的瞬間除了奮力掙扎之外什麼也無法思考，或許那時候我就只想著獲得空氣，一不小心緊緊攀住他而成為他心中的證明。

妳不能失去我。妳是屬於我的。這份愛情只有我能決定保留或者捨棄。

然後我的左腳，好不容易找到一點穩定的可能卻又被他緊緊抓握住的手動搖，結果就只能滑落了。

這樣下去兩個人會一起摔落的。

或許是意識到這一點，明明知道也許摔落之後我會傷得很重，但他還是放手了。

我狠狠摔落在地面。

其實第一個瞬間我所感覺到的並不是痛覺，也沒有特別的情緒湧生，意識依然流暢的進行只是除此之外的知覺、感情像是接觸不良一樣無法將訊號傳到我的大腦，我眨了眨眼，耳邊模糊地聽見他的叫喊，漸漸的越來越清晰、終於可以清楚的分辨出他的每一個字。

「語忻、語忻，妳有聽見我的聲音嗎？妳有沒有聽見我的聲音……」

痛。

不是漸進式的，而是像忽然接上電線一樣所有感覺瞬間回復，我的身體痛到幾乎麻痺卻又無法藉由麻痺來斷卻痛楚。於是我開始喘息。

「……袁語忻？」不是他的聲音。我聽見奔跑而至的聲音，「你叫救護車了嗎？」

接著似乎他們又說了些什麼，但是我的意識逐漸模糊，我想起來那是他的聲音，徐世曦，那天從他口中唸出來的的確是這個名字，這種時候他總是會出現呢。

原來人的生命中確實存在著這一種人呢。儘管交會都是類似於巧合般的存在，然而卻總是在最需要的時刻嵌合上那道缺口，無論是一分鐘或者一秒鐘，他的存在就在嵌合的瞬間被無限放大了。

只是我想，這次又沒辦法好好跟他說謝謝了。

□

醒來的時候我看見空無一物的白色天花板。

濃烈的藥味竄進鼻端，眨了眨眼我身旁並沒有人，像是被遺棄一樣的躺在這裡，意識回復之後痛覺也快速席捲而來，皺起眉我輕輕的喘息，拉起的窗簾我看不見天色，也許是深夜我想。

連廊外都靜得可怕。

於是那忽然切入的腳步聲顯得太過清晰。

斷然而不黏膩，左腳和右腳以穩定的速度交替，沒有拖行的意味單純只是前進，高中那時每個夜裡我總是和隔壁床的男孩聽著廊外的腳步聲，像是那之中隱藏了某部分的個人，只要仔細的聽著就能感受到深深被放在心中的部分。

「妳醒了？」

稍稍側過頭我看見的是**他**。這個**他**指涉的人相當特定，儘管我總是用著這類的主詞來談論某些人，所以很多時候混淆了旁人所認為的對象，並不是帶著刻意單純只是認為沒必要特別解釋，但我忽然發現這些日子以來我所思及的「他」大多數都是冠用在眼前這個人身上。

「怎麼會是你？」

「他先走了。」

他沒有多作解釋我也沒有追問，那個人的停留與離去並不會有太大的差別，只是看著他流暢地在床邊的椅子坐下，正因為太過和諧而湧生一股違和感。

「其實你不必待在這裡的。」

「我已經在這裡了。」他依舊用著冷淡的口吻，過於安靜的空間我所聽見的是不帶有雜音的他的聲音，「妳的傷不是很嚴重，只是不嚴重的傷也會讓人痛得無法動彈。尤其是妳的左腳。」

左腳。

「高中的時候我的左腳曾經骨折過，從那個時候開始兩腳就像不對稱一樣，所有的傷害都被左邊承擔下來了；雖然右腳一點損害也沒有，但事實上卻因為這樣的不平衡，連帶的讓我感覺到自己身體裡也開始傾斜。**意識上的傾斜**。這樣說好像自以為文青一樣，但我真的很喜歡村上春樹，尤其是敘述的語感，只要用村上春樹式的語感來思考自己的處境，就好像能夠抽離某部分的靈魂一樣，這樣所感受到的痛苦或者憤怒這些負面情緒也就慢慢被抽離了。」

他並沒有回應我的打算，但認真在聽，對方認真傾聽的時候就會傳送一股微妙的訊號，無論對方以什麼姿態，那是絕對不會被忽略的溫暖。

「我的人生好像就是從那次骨折開始產生變化，不是很劇烈但是能夠被辨別的變化，那個時候隔壁床有一個和我一樣骨折的高中男生，村上春樹也是他借給我看的，《尋羊冒險記》，印象很深刻這本書我前前後後看了五六遍。

「其實我有好一陣子沒有想起他了，但這段時間卻不斷回想起那個時候，他曾經對我說過，只要我笑著的話他就會認出我來，那時候覺得很有趣但一直到現在才明白這句話有多麼溫暖，可是我卻記不得他的長相了。只記得他的微笑。還有他左手骨折這件事。但即使只有這些片段我還是覺得不可思議，明明是在生命中那麼短暫的時光卻精準無誤的記憶住某些片段。

「我好像說太多話了，已經很晚了吧，你也應該回去休息了，真的很謝謝你待到我醒來還聽我說話。」

「我睡旁邊那張病床。」

我看著他忽然間無法理解他的話意。

「這麼晚了回去才真的不方便。我會把布簾拉上。」

在句號之後絲毫沒有停頓的他拉上了水藍色的布簾，不是布的感覺而更近似於塑膠感，在一般場合看見或許會飄散著廉價感但在病床與病床之間卻是一種生冷。

然而我知道在簾幕的另一端有溫暖的存在。

「晚安。」我輕輕說。

醒來的時候那道簾幕已經不存在了，空蕩蕩的病房彷彿昨晚只是一場想像。花了一段時間我還是無法確認。直到護士送來早餐藥錠我還是感到恍惚。

「你……」護士才剛離開他就緩慢走進病房，昨夜的一切彷彿被確切印證又顯得更加迷濛，「上班會遲到吧。」

「正好有不去上班的理由。」

「為什麼？」

「什麼為什麼？」

「為什麼要做到這種程度呢？」目光定著在他的臉上，順著他的鼻翼停留在他深邃的雙眼，「再怎麼說我也只是一個陌生人，而且還是很麻煩的那種陌生人……我並不是懷疑你或是想質問你，只是這超出我的理解，雖然很感激但沒辦法理所當然的接受，所以、我只是想知道你為我做那麼多的理由。」

他安靜的凝望著我，臉上沒有明顯的表情但雙眼似乎瀰漫著無奈的意味。無奈。我想著這兩個字，在所有我揣想過的情緒之中無奈並不在其中。我看著他走向床邊的椅子絲毫不出聲的坐下，略顯僵硬的身軀彷彿在醞釀又像在壓抑些什麼。

這些都在我的揣想之外。也在我的理解之外。

「因為我是笨蛋。」

出乎意料的是他帶點無力感的聲音，沒有一貫的冷淡像是說著沒辦法那就只能認輸了的口吻，因為我是笨蛋，納悶的我看著他。

他像要用力打破凝滯感一般大力的呼出一口氣，忽然他將視線轉向我，一秒鐘、兩秒鐘、三秒鐘……像是在抵抗些什麼，雖然知道徒勞無功卻還是試圖抵抗，他所散發的就是這樣的氛圍。

「怎麼了嗎？」

「我是徐世曦。」

愣了一下我周圍仍然飄散著疑惑的空氣，「嗯、我記得。」

「妳記得？」他瞇起眼認真的看著我。

「在車站的時候，雖然很匆促但我有好好的記下來了。」

「除此之外呢？」

「除此之外？」雖然不是很肯定但我總感覺依照這樣的對話模式，也許等到兩個人都繞完整個地球才會找到就位在起點旁邊的入口，「可以請你直接告訴我嗎？我越來越不明白了。」

「『只要妳笑著我就會認出妳』，下一句呢？」

「『哭的時候妳就會認出我來了』……」我眨了眨眼，納悶望著他，「你怎麼知道有下一句？」

「因為這樣文法的結構才會完整。」他很冷靜的說完接著刷的一聲站起身走向窗邊，盯望著窗外好一陣子才轉回頭把視線再度放在我身上，「說這段話的時候只有妳和對方吧。」

「嗯。」

「所以除了妳之外這段話還有誰知道？」

「你？」

不是很明顯但我相當肯定他身體有逐漸僵硬的趨勢，終於他很挫敗的將身體倚靠在牆邊，彎下身帶著隱微的哀怨感看著我。

「是我沒錯。」他幽幽的說，「不管就任何意義而言都是我沒有錯。袁語忻，既然妳可以牢牢記住那段話，也可以記住躺在旁邊的是個男孩，那為什麼不能多撥一點空間記下對方的名字或是長相呢？」

忽然間像是短路的電線瞬間被修復，我啊的一聲終於理解他迂迴的迴路所想連結的終點了。

「你就是……那個男生？」

「妳是聽明白了還是想起來了？」

「你覺得哪個答案你會比較喜歡？」

「算了妳不要告訴我。」
「那、你為什麼不直接告訴我呢？」
「因為很丟臉。」
「但現在不是說了嗎？」
「妳沒發現我掙扎、醞釀很久嗎？」
「既然結果都一樣，為什麼不……」
「人都會期待結果是自己設想的那一個，無論機率多麼渺茫。」他說，並且用著銳利的眼神盯著我，「再說、不忍耐怎麼知道妳真的那麼沒心沒肝。」
「如果一開始你就是這種樣子的話，說不定我就會認出來了。」漸漸的、雖然還是有點模糊，但眼前的他和當時的男孩緩慢的連結起來了，「冷淡的態度跟我記憶中的你實在差太多了。」
「冷淡……還不是因為妳三番兩次欺騙我的感情。」
「我？」
「對、沒錯、千真萬確就是妳。」

我納悶的看著他，他稍稍撇開臉。這個動作、我想起來了，那個時候因為有趣我總是這麼看著他，沒有絲毫例外他就是會僵硬地轉開臉。

但是現在說出「真懷念呢」這樣的感情會更刺激他吧。

「不要露出這種無辜的表情，一直到現在我還忘不了妳就是用這張無辜的臉逼迫我，害我只看一眼就認出妳來，結果妳根本連盯著我看都還是失憶。」

「可以請你完整一點的告訴我嗎？至少、可以讓我知道我從什麼時候開始沒心沒肝吧。」

他深深吸了一口氣。

「從妳遞傘給我開始。」

「在車站的時候，看見妳站在那邊一直想著那個人是不是妳，接著妳就走了過來還遞給我一把傘，原來妳已經認出我了，那個瞬間我這麼想下一秒鐘妳卻面無表情的轉身離開。這比擦身而過還要過分吧。」

「第二次是在妳很喜歡跌下來的那個樓梯。」

……我很喜歡跌下來的樓梯？

「面對面仔細看了我的臉、甚至送妳到醫院妳也一點想起來的跡象也沒有，本來想就這樣離開卻還是忍不住留了電話給妳，不寫名字是讓妳有自己想起來的空間。結果只是讓我自己得內傷而已。

「第三次是妳打電話給我的時候。我還以為妳終於想起我，結果自顧自的哭了半小時，還說了一大串話，無論妳多麼感謝我就是沒有想起我的跡象。一點也沒有。第四次又是在車站，妳衝過來拉住我的手說『你還記得我嗎』，我以為妳終於良心發現，結果又自顧自的道謝自顧自的說話。」

所以那時候他的表情才會那麼微妙嗎？

「第五次就是現在。現在。現在的情形需要我解釋給妳聽嗎？」

他一口氣說完全部的話，整理之後的結果連我都覺得自己沒有良心，我相當明白如果這樣他一定會很生氣、人衝過了無奈的階段之後就會像熔岩噴發一樣，但是我本來就不是很擅長隱藏情緒。至少在他面前我從來沒有壓抑過。我想即使遺落了很多片段但這件事我卻記得清清楚楚。

於是我背負著沒心沒肝的標籤，極度沒良心的笑了出來。

「妳……妳居然笑了？」

「我不是故意的。」

「那我現在動手掐死妳，然後再跟妳的靈魂說我不是故意的。」

「可是，為什麼總遇到你呢？這件事我一直覺得不可思議。」

「那只是機率問題。妳遇見我的地點不是在車站就是那個階梯前，因為我上下班都得搭車、回家都得經過那座階梯，就只是這樣。」

「但是、我總覺得不只是那樣。」我說，「總是那麼剛好，我難過的時候，都會有你在身邊。」

雖然哭泣的時候沒能認出你，但是、我仍然明白你就是那道溫暖的來源。
徐世曦。
這次記下來之後，也已經沒辦法忘記了。

之五／終於放晴卻發現陽光太過灼目

盯望著他轉身離開的弧度，緩慢但確實遠離的身影，在我心中那逐漸萌芽的什麼也不得不連根被拔起了。

雖然很痛但我的傷並不是很嚴重，這是一開始就理解的事情，只是沒預料到第二天就被告知必須辦理出院。還是很痛但醫生斬釘截鐵的說著那只是需要在家休養程度的傷，微笑的表情但眼神中卻流露著「我知道很多人都以為自己得了全世界都必須在乎的病，但事實上那不過就是個連看醫生都不需要就能夠自我復原的感冒罷了」。

總之他又請了半天假帶著我回家。

依靠在他身上，雖然很努力的不要讓他承受太多重量，然而無論他支撐的是十公斤的力或者十公克的力，那種情感性的支撐卻巨大到讓人害怕。一邊想著如果他鬆手之後面對的是不是比原先更膨脹的寂寞，一邊卻告訴自己無論如何都得靠自己好好站立並且行走。

生命之中讓人最難以承受的並不是無法擁有，而是失去。

因為曾經碰觸那樣的溫暖與厚度，抽離之後讓自己以更加敏銳的神經感受到剩餘的寂寞與單薄，還有記憶、那份記憶開始如棉絮般飄散，望著它的輕盈自己卻只能佇留原地或者拖曳著影子步履蹣跚的走著。

儘管我們總會失去。

在終於能夠接受那份失去的過程當中，我們太過容易陷入深深沉沉的泥沼，終究我們會得救的、生命並不會脆弱得讓人就此滅頂；然而我們不得不、不得不沾染滿身失去的泥一分一秒度過。生命。

縱使他的出現與停留那麼短暫又如此片段，然而他比任何一個人都還要精準的嵌合進我的需要。

「是不是開始感覺我就等於麻煩了?」

「那大概我就是愛自找麻煩的人吧。」

「所以你真的覺得我是麻煩啊……」

「妳們女人真的是……說什麼都能夠鑽洞，下次要不要乾脆先把想聽的話告訴我，然後我照唸就不會錯了。」

「所以說男人就是太沒神經了啊，照唸這件事本身就是錯了。」

我稍稍側過頭，忽然發現兩個人似乎太過靠近，即使依靠著他被攙扶著，但直到這一瞬間我才意識到兩個人是貼靠著彼此，於是從意識的某一點開始逐漸變得僵硬，越來越清楚感受到也越來越在意。

我輕輕做個深呼吸。

只是因為我沒辦法好好走路他才會攙扶我的。

不帶有情感性只是一種權宜。

「為什麼照唸也不行？嗯？妳在發呆嗎？很痛嗎？」

「喔、沒有。」我斂下雙眼，「雖然想聽見對方說的某些話，但更重要的前提是『對方發自內心並藉由自我意識說出來』，就像是希望聽見對方說出我愛妳，但跟被要求才說出來的是完全不一樣的。」

「這我當然知道啊，但要準確的說出女人心中想聽的話比不可能的任務還要困難。」

「所以啊，當對方說出像鑰匙一樣的那句話的瞬間，就會打開所有的鎖喔。」

「打開所有的鎖？……這對男人而言其實是有點可怕的事耶。」

「男人才麻煩吧。打開鎖也不行、不打開鎖也不行。」

「是要打開剛好的鎖啊，所以跟女人一樣，只是不同面向的麻煩而已。」

「為什麼愛情那麼麻煩還會讓人不由自主的陷進去呢……」

微妙的沉默。短暫得讓人幾乎無法察覺，但身處其中的人卻全然無法忽略秒與秒之間的凝滯。

一個眨眼的停頓就能夠延伸出無限的猜想。與思揣。

「妳……還好嗎？」

「嗯？還好，雖然還是很痛，但醫生都說一點也不嚴重了，聽見之後就感覺不那麼痛了。」

「我不是指摔傷，是、那天妳打電話給我……當然妳不想提就不要勉強，我只是、只是有點擔心。」

「一開始很痛，但慢慢整理、面對之後，忽然發現其實沒有自己所以為的嚴重。跟這次的摔傷一樣，摔下去的瞬間跟摔到地面的瞬間我都以為自己可能會死掉，但在醫院醒來的時候卻又發現自己活得好好的，接著因為劇痛又感覺自己可能無法承受、受的傷可能重到會留下無法挽救的結果，但醫生卻帶著好笑的表情對我說『一點都不嚴重』，你看、才第二天就被趕出醫院了……失戀也是這樣，只是沒有一個像醫生一樣權威的人會診斷嚴重程度，所以復原的速度會慢一些，但是終究會康復的。跟我現在感覺到的痛比起來，就會覺得這次失戀根本就是小事了。」

「這樣才像我印象中的妳。」

「嗯？」

「在今天之前看到的妳，都蒙著一層雲，雖然慢慢從烏雲變成普通的雲，但現在總算放晴了。」

放晴。

「嗯、是放晴沒錯。」我扯開笑容，「不過看到晴天的時候太過用力的伸懶腰，所以現在痛得不得了。」

□

請了三天假剛走進辦公室苡若就快步走近我身邊，身體痛楚退散的速度遠比我預想快速，輕鬆一點來說跟劇烈的身體痠痛其實並沒有太大差別。

「妳沒事吧？只請三天假沒問題嗎？」

「嗯、大概小時候常常從樓梯摔下來，所以長大之後樓梯對我比較溫柔。」

「真的沒問題嗎？」

「比劇烈運動隔天起床還要難過一點而已，不過如果妳現在繼續拉著我說話，妳就要準備接住我了。」

「啊……快點回位子吧。」

累積了幾天細瑣的工作事項塞滿了整個上午，即使相當流暢的處理著但我的意識卻顯得有些恍惚，像是從一個世界忽然跳到另一個世界一樣。周圍雖然是極為熟悉的人與環境，但兩個世界的切換卻沒辦法那麼流利；收假症候群，也許類似於這樣的心情。

這幾天都處在有他的世界，延伸在日常與非現實之間的夾縫，不是違建而是在居住已久的屋子中恰巧發現一個溫暖的閣樓，小小的但很舒適因此回到現實之後就感覺身旁的空間顯得有些空蕩。

彷彿伸長就能觸碰，事實上卻是用力拉長雙手也空無一物。於是我的身軀所感到的疼痛又稍稍加劇了一些。

□

「雖然隔了那麼久沒見，不過卻意外地習慣你在身邊呢，尤其是當身體開始隱隱作痛，就會讓人想起那時候住院的日子。」看著坐在斜對面的他，「有點痛，卻很懷念。」

「這種感想聽起來像是緬懷某任男友。對朋友的感想不能再爽朗明亮一點嗎？例如『本以為會是青春中的一段缺口，但和那麼帥的男孩一起躺在病房裡，反而替這段時光染上夢幻的味道』，不錯吧。」

「沒想到原來你是文青啊。」

「妳不知道的事情還很多，例如我左邊的臉很帥，但更帥的是右邊。」

「完全不一樣呢。」

「什麼不一樣？」

「在認出你之前啊，雖然人很好，如果單純以陌生人而言實在是好得過頭了，但相當冷淡、幾乎連一點表情也沒有。」

「所以妳知道我的怨念有多強大了吧。」他稍稍停頓接著以強烈的眼神望向我，彷彿有些什麼撞擊進我的胸口，「不對，妳根本沒有認出我，真是令人生氣。」

「既然結果是一樣的，把它當作是以理想的方式發展的不是更好嗎？」

「扭曲記憶只會讓感情失真，所以我會源源本本的記下這份怨念。」

「真是愛記恨。」

以隱微的方式凝望著他的雙眼，藏匿於普通交談中的注視是某些什麼的起點，我輕輕地吸了口氣，即使我們時常沒有察覺但大多數的人都以流暢的交談作為掩飾，斂下眼的動作事實上眼角餘光並沒有移動焦點，撥弄頭髮變換姿勢或是一些為了減輕對方被盯望的負擔所採取的動作，然而從來我們的目光都沒有間斷。

那就是一種開始。

開始。我想著。聽著他的聲音彷彿感覺到空氣的震動沾附在我的肌膚，微微的，個人性的，即使說出來也沒有辦法被同理的私我感受，於是成為一種獨有的、秘密。

□

「接到妳電話的時候真是嚇死我了，**因為從樓梯摔下來了**，說得那麼輕鬆像在說因為要出去玩所以要請假一樣。」苡若說。

「因為不是很嚴重啊。」

任何事情都存在著不同的嚴重程度，例如有些感冒睡醒就會痊癒、但有些卻轉變成肺炎或者更致命的症狀。從樓梯跌下也是，滾了一圈也許什麼事也沒有，也可能造成無法挽救的後果。儘管人能清楚明白這一點，但針對字面上就會自我加諸嚴重性，從樓梯跌下來就是比感冒或是跌倒讓人緊張。一種被加上想像性的詞彙。

愛情也是。

吵架外遇失戀分手都存在著程度性差異，但針對字面人就會自動聯想並解讀，例如說著只是吵架很快就會和好了，或是分手之後一定很痛苦吧。所以人是很難設身處地替另一個人思索的，即使穿著另一個人的鞋所體會的也是「自己」所以為的他人感受。

特別是對於像苡若這樣總是熱切的人，雖然出自於關心但總會放大對方的痛苦並且小心翼翼的呵護，好不容易說明「其實並沒有那麼嚴重」卻在苡若柔軟卻擔憂的雙眼中動搖。也許是我太低估自己的痛苦了。只要一產生這個念頭，逐漸癒合的傷口又會被撕開了。

我很喜歡苡若。無論就任何方面都是。但我和她卻始終隔著一段距離。

「不要逞強喔。雖然沒辦法抱起妳但扶住妳是沒問題的，所以妳也要在我能做些什麼的階段盡可能告訴我。」

「嗯、不會在倒下前才告訴妳。」

我並不是一個會逞強的人。

逞強其實是一件困難的事情。雖然示弱也不容易但逞強不僅困難還必須面對一連串的後續，如果只是單純解決不了問題或許還能自我安慰，但往往逞強造成了許多扭曲誤解或者傷害，這沒辦法輕易被抹去。

□

「雖然沒辦法用任何方式完整地表達出我的感激，但我想以晚餐作為粗淺的表示，如果有任何一絲消弭你心中怨念的可能，那就更好了。」

「以晚餐表達感謝我很樂意接受，但想打發我的怨念是絕對沒辦法的。」

「你前後兩句話用的動詞差異很大耶，表達感謝跟打發，明明指涉的都是晚餐。」

「任何方式都能表達感謝，因為是正面而良善的，所以就算只是口頭說出謝謝兩個字，也能讓人欣然接受。但是，」他淺淺啜飲了一口薄荷水，「怨念是帶有強大負面力量的，抱持著想要彌補的心態是沒有用的，必須出自心底深處用更強大的力量安撫才行。」

「例如愛嗎？」

我的句尾和他未開始的話語沒有流暢的銜接上，在那之中產生了微妙的高低落差，像是平穩走在路上心中也相信著這條道路連細碎的石子也不存在，在這樣的愉悅心態下忽然出現高低階，雖然沒有跌倒但卻踉蹌而搖晃了整個人。

愛。

是因為提到這個詞。

「也許是時間。」

他扯開淡淡笑容又喝了一口透明液體，開始談論起其他的話題，兩個人一起略過了那短暫的缺口，輕輕跳躍就跨越過的窟窿，繼續踏上起初那條平穩的道路，如果想維持這樣的步調就不能回頭窺探，也不能提起那就會又出現一個缺口了。

服務生在準確的時間點送上了前菜，輕輕滑過的沉默恰好被上菜的動作給撫平了，也許這正是每當犯錯時前男友總是帶我到出菜繁複的餐廳的原因，追問的可能、尷尬的停頓、僵硬的對峙都可以因為傳遞菜餚的動作而被切斷，只要不讓它延續，在某一段範圍內的凝滯是可以被消化分解的。

只要不被延續。人就能自食其力的嚥下。

「你說我遇見你的地點都是你每天必經的地方，那為什麼之前我沒有見過你呢？」

「妳會記得路人的臉嗎？」

「如果常常遇見的話。」

「但如果只是擦身而過，即使是天天都搭同一班車、走同一段路也可能一輩子都沒注意到對方；如果不是那天妳從樓梯摔下來扭傷腳，沒有這個強烈的記憶點、我們也沒有更多交集的話，大概妳連我的臉也不會記住。」

「我好像提錯話題了呢，又勾起你的怨念了吧。」

於是他笑了。

「反正妳也不怕我記恨。」

「如果是**朋友**的話當然不會怕啊。」

「真陰險的一句話。」

「這也是沒辦法的事，兩個人之間不可能完全平等，一定有一方比較犧牲奉獻。」我說，「而且這種角色分配也不是能夠被選擇的，打從兩個人相遇的那一瞬間、甚至在那之前就已經決定好的事情。」

和苡若之間也是。她總是施比較多力讓彼此能夠貼靠在一起，像是兩個人見面時一個人悠哉的走著而另一個人熱切的邁開步伐往對方走去那樣。

前男友也是。我逐漸後退、而他慢慢將彼此共有的領域佔為己有，甚至吞噬了屬於我的腹地。

也許並不是不能改變，但在關係之中的彼此一旦定著於某種形式，就難以被更改了。

「所以我才討厭命定論。」

「有的時候我也很不喜歡，但現在覺得還不錯呢。」

「既得利益者就是這種心態。」

我開心的笑了。「……是你的電話嗎？」

「嗯……」他看了手機螢幕那瞬間呼吸似乎變得緩慢許多，「抱歉、我接一下電話。」

他站起身往門外走去，忽然有一種他即將就會遠離的感受在我身軀之中蔓延，並不是物理性的，而是心底有一塊區域開始剝落、像懸崖上的石塊因為晃動而墜落到深不見底的幽谷中，連回音也沒有。

我喝了好幾口薄荷水，已經不那麼冰的液體滑進喉嚨並沒想像中那麼沁涼，淡淡的清香也逐漸變得黏膩，沾附在口腔之中滿滿的薄荷香氣對我而言太過厚重。

這裡能夠清楚的看見他的身影。

那絕對不是一通令人愉悅的來電。

「不好意思，讓妳等那麼久。」站立在我面前並沒有要坐下的跡象，帶著一點歉疚和一點疲憊我安靜的等著停頓之後的話語，「我……」

似乎他嘆了一口氣，又或許沒有。

「是我女朋友打的。」

女朋友。

過了一陣子我才理解這三個字所代表的意思。字面上的意義。以及延伸的意義。

「不用在意，你就先回去吧，甜點也吃得差不多了本來就差不多要離開了。」我扯開嘴角，用著愉悅的口吻，「你放心，我不會記恨的。」

「嗯，那下次再聯絡吧。妳自己一個人回去要小心一點。」

「我知道，Bye-bye。」

盯望著他轉身離開的弧度，緩慢但確實遠離的身影，在我心中那逐漸萌芽的什麼也不得不連根被拔起了。那裡並不是適合生長的環境。雖然會有點捨不得但因為沒地方種植萬一茁壯了就只能以扭曲的姿態存活，那麼連一開始萌芽的美麗也會被湮滅了。

就這樣吧。

我站起身走出餐廳，望著暈黃的路燈空氣透著微冷，我斂下眼緩慢的移動步伐。

嗯、就這樣吧。
至少今天沒有下雨。

之六／愛麗絲的下午茶

雖然已經是布滿缺口的愛情，然而外人無法扯下兩個人的連結，無論是一方毅然決然離去、或是兩個人一起剪斷線，只有愛情的所有者才有處置的能力。

愛情帶有絕對性的結界。

黑咖啡的香氣瀰漫整間屋子，握著溫熱的馬克杯我望著旋繞的分針秒針，蜷曲在沙發上聽著Norah Jones，盡可能讓自己顯得愜意然而當一切都精準定位後，反而因為太過刻意而感到緊繃。

放棄般的放下馬克杯，癱躺在米白色沙發上，藏青色抱枕靜置在斜對面單人座的位置，用著基本限度的呼吸避免空氣流動的幅度超出負荷，我想起那個時候的他就坐在那個位置上，對了、冒著熱氣裝著褐黑色液體的馬克杯那一天就擺在他的面前。

從那場中斷的晚餐開始，他的身影就像從我的生活中抽離一般，其實並沒有太大的不同，然而人的感情並不會考慮生活需求。

初戀男友校隊練習的時間是星期日早上七點，我想再過二十年我還是會清楚記得這件事，無論多麼睏倦或者寒冷還是逼迫著自己出現在球場旁；彷彿我們就是藉由違反趨向舒適的人性來證明愛的存在。

如果不是因為愛你……以此作為句子的開頭，但是當句子的數量逐漸累積漸漸的超出甜蜜或者溫馨的閾值而成為一種壓迫，**我又沒叫你這麼做**，當某一方在爭吵當中不小心說出這句破壞性的話語，傳遞到另一端時並不單單只是字面上的意涵。**我又沒叫你愛我**。最終這句貼在大腦皺褶夾層的關鍵句便會被活化，引爆彼此的愛情。

即使年紀增長這樣的想法似乎仍舊沒有改變，因為愛著對方才會願意忍受。愛情之中有許多需要忍受的部分，不僅僅是忍受對方的脾氣或者生活作息，更多的時候我們必須忍住自己的感情。

尤其是忍住、**不愛**。

並不是忍耐就可以不愛，愛上一個人就像喝了咖啡會興奮、成癮，當咖啡因進入身體嵌合在受體上便難以抵抗，最果斷的方法就是倒掉眼前的咖啡，雖然知道咖啡豆就在櫥櫃裡，但必須忍耐的就是這裡。不能去碰觸。愛情只是轉為情感性的反應，無法抵抗愛情的氣味與溫度，而唯一能做的就是抽離掉愛情的起源，單向的愛情單向的寂寞都無所謂，底限是不能產生任何的交互作用。

於是必須忍耐。

我們可以丟棄咖啡豆，但無法丟棄自己所愛的人，尤其是如同他一般的存在，縱使只是才延伸嫩綠的芽，然而張望著如此靠近卻又不能再靠近的對方，所謂的掙扎與痛苦就是從這一點開始。

不得不忍耐。

我無法容忍任何一個人瓜分我的愛情，同樣的我也不會允許自己去瓜分其他人的愛情，無論愛得多麼深多麼痛該割捨的就是必須割捨。更何況只是開始。

對、不過就只是剛開始。

就只有我一個人發覺而已。

手機鈴聲闖進了愜意的圖像之中，蓋過了Norah Jones的輕柔嗓音，以無論如何都不能被忽略的姿態響著，帶著焦急感，在兩個月亮的世界裡天吾（村上春樹作品《1Q84》中之男主角）能直覺的感受到鈴聲的質感，我似乎能稍稍理解了。

拿起手機的瞬間物理性的振動從某一點開始轉為情感性的震動，沒有預告也不知道在哪裡也許存在著高速公路旁的逃生梯，但至少這一刻找不到那樣的東西。發亮的螢幕上浮現的是他的名字。徐世曦。帶點疏離感被打上完整的名字，事實上只是沒辦法單單打上世曦兩個字，那似乎太過自以為了一點。

「……喂？」

「妳能聽我說話嗎？」

怎麼了嗎？雖然應該這麼問但我卻直覺的認為這並不是一個適合丟出任何問號的時點。

「嗯、我會聽你說話。」

「這陣子我終於明白那時候妳的感受了，因為沒辦法對身邊任何一個人說，不說出口又可能會承受不了，在日常生活的延伸之中存在的妳，就像、出口，那時候妳是這麼說的，出口，現在的我也許更迫切的需要逃生口也說不定。

「我已經不知道該怎麼面對她了。一開始我們的確很相愛，我不想否認也不會掩蓋這件事，但是不知道為什麼，這份愛情逐漸變得壓迫、等到發覺的時候已經讓人喘不過氣來了。

「濃烈的愛情也被消磨成四處都是缺口根本沒辦法縫補的樣子了；這樣下去只會從相愛變成相互折磨，發現這一點並且決定做些什麼的時候彼此的感情又更加扭曲了，好不容易說出口，想了很多方法盡可能委婉但果斷的提出分手，但是她卻傾盡全力抵抗這件事。

「她開始哀求、開始討好，看著一開始愛著的女人那麼憔悴又那麼委曲求全一不小心就讓步了，我還是做不來狠心的離去，但我卻明白這樣看似溫柔的讓步只會造成彼此更大的傷害，尤其是她。但是她開始自我傷害。一次比一次更加劇烈、也越來越頻繁，就好像她開始建立一個理論，只要當她傷害自己我會趕過去、我會擔心就代表我還愛她，於是她反覆的傷害自己，只為了在她的空洞裡填進些什麼——卻，造成彼此之間越來越無法填補的空洞……」

他深深的、深深的吸了一口氣，話的段落還沒有到尾端，也許只是需要一些氧氣讓自己能夠不要窒息，我安靜的等待。時常我們所需要的就是這份安靜的等待。

「那天，她又吞了安眠藥，這樣的日子已經持續了將近一年，我的意志也逐漸被磨損，甚至我開始想著下次我不管了、如果有下次我不會再趕過去了……但是、她的媽媽卻哭著求我，再給她一點時間、她會好的、她會走出來的，這樣說著的時候我就沒辦法抵抗了。

「想對誰訴說的時候，他們總會帶著憐憫的眼神、或是努力的安慰我，雖然很感激但我要的並不是安慰或者同情，我只是需要有一個人能夠聽著我說話，我只是想找個空間努力的吸著氧氣，我只是想告訴自己我還能夠撐下去……」

心底深處有某一塊部分塌陷了。

聽著另一端的他的呼吸，彷彿這一刻我和他超越了時空貼靠在彼此身邊，但想要傳遞溫度給他卻只能握緊雙手。無能為力。

除了他以外誰也不能做什麼。

正是因為明白這一點所以說不定任何安慰或者同情的話，只能安靜的聽著他的聲音，我所能做的也只有這麼多了。

「這幾天待在醫院陪她，沒有辦法微笑也沒辦法生氣，連表現出情緒的力氣也都耗損了，看見面無表情的倒映連自己都感到害怕，會不會就這樣慢慢的忘記所有情緒而放棄掙扎呢？有一瞬間認真這麼想了，但是我突然想起妳。

「那個雨天在車站因為妳沒認出自己而感到失望、看見妳從樓梯摔下來的時候緊張害怕的情緒、到最後妳還是沒認出我所以感到生氣跟無奈、聊天時感到的愉快和不自覺的微笑，讓我找回一點可能性，就好像在告訴自己『意志還沒被吞噬、還是要努力掙脫』，但是稍稍振作起來之後卻又不知道該怎麼努力。」

想離開卻又找不到出口。

所以才需要一個緊急逃生門吧。

長長的沉默只剩下兩個人的呼吸，只是需要有一個人陪伴，不要有更多的感情了，因為自己身上所背負的已經太過沉重了，所以無論是同情或是安慰，雖然知道是出於好意但這樣會被壓垮的。

並不是不需要安慰，而是這個時候已經緊繃到一種連安慰都無法承受的臨界了。

「謝謝妳。」他緩慢的說著，「終於能把這些話完整的說出口，胸口壓著的重量好像也減輕了不少，雖然還沒辦法離開，但至少多了一些空間可以轉身尋找出口。」

「要找到出口可能還需要一點時間，在那之前一起喝杯咖啡舒緩一下緊繃的神經吧，像是愛麗絲的下午茶一樣，不需要考慮太多的邏輯。因為本來就是現實之外的空間。」

「如果天氣晴朗的話就更好了。」

天氣並沒有放晴，飄著不想撐傘又會沾濕衣服的雨，透著微光的窗外溫暖的室內瀰漫著濃郁的咖啡氣味，充斥著低語的周圍切割出一格一格的立方。遠離了一點日常。

和前男友所架構出來的世界不同，這裡並不存在著勉強，而是在日常邊界恰巧發現的區域，沒有任何阻隔就能走進另一個人的生活，沒有建構出來的重重阻隔，也不會看見不得進入的警告標誌；只是覺得停留在這個空間剛好，暫時沒有前進或者後退的困擾。

柔軟的交界地帶。

比約定的時間來早了半小時，因為不想讓他孤單的坐在位子上，因為是日常之外的世界，所以希望當他踏進的瞬間就能看見那裡有人等著他。

沒有拉扯也不需要有負擔，走進這個世界就會發現有人在，離開的時候也只需要輕輕揮揮手。情感並不是沒有重量，只是如棉絮一般輕盈，霧氣般飄散在空中。

「等很久了嗎？」

「沒有，只是想早一點跳出日常的世界。」

他點了黑咖啡，似乎他總是喝黑咖啡，對我而言那還是太過苦澀。

「我需要多一點咖啡因。」他輕輕扯開嘴角，「冒著可能上癮的風險依靠著咖啡因，雖然感覺是很久遠之前的事，不過前陣子的我如果不加牛奶和糖是會放棄咖啡的。」

「能夠品嚐純粹的味道也不錯啊，有很多人是沒辦法順利喝進黑咖啡還感到美味的。」

「總感覺妳的話裡都帶有弦外之音，像是費盡心思的把鼓勵的話黏在普通的對話底下。不過我還是發現了，所以謝謝妳。」

我輕輕笑了出來。

包覆著他和我的空氣密度似乎小了一些，氣體分子慢慢的流動，對流成一陣微微的風，輕撫過彼此的肌膚。

「大概是你太過聰明了一點，我都不知道我做了這樣的事情，不過既然你有聽見，那我就只好說不客氣了。」

「也對，我都忘了妳沒心沒肝了。」

「腦袋跟胃還在就好。」

「真是果斷的選擇。」

「意識上的果斷跟動作上的果斷並不是平行的軌道，在我身上常常發生兩者嚴重落差的事情，所以只能慢慢修正，雖然修正的過程往往很難忍受但除了繼續修正的動作之外，也沒有其他辦法了。」

「因為沒有其他辦法所以只能讓行動跟上意識的果斷決定了。」

「也許是這樣。但愛麗絲的下午茶會只要想參加就會舉辦，所以沒有必要把自己壓迫到沒有轉身的餘地。」

「妳還記得那時候妳出院之前跟我說過什麼話嗎？」

「嗯？」

「如果旁邊沒有人的話，說不定就不會那麼快痊癒了。」咖啡的濃郁深深的被吸進身體裡，「所以，一定也很快就會找到出口的。」

一定。

□

不是很頻繁但偶爾會和他一起喝咖啡，愛麗絲的下午茶，這樣說著的時候就會感到微微的溫暖。

但是一個人的時候卻開始感到拉扯，忍住不愛的念頭像用紙板隨便拼湊起來的勞作，只要輕輕一推就會解體。幾乎是憑藉著意志力讓自己站在朋友的立場望著他。努力揮散愛情的氣味，無論如何他身上都還背負著另一份愛情。

雖然已經是布滿缺口的愛情，然而外人無法扯下兩個人的連結，無論是一方毅然決然離去、或是兩個人一起剪斷線，只有愛情的所有者才有處置的能力。

愛情帶有絕對性的結界。

所以在他能夠切除這份愛情之前，我和他就不存在任何可能性，縱使他終於能夠走出那道結界，也不意味著他願意再度圍起另一個圓。

我和他的愛情或許存在著時間差，以不同的速度前進或許能夠在某一點被疊合，又或許只能錯過而成為一種遺憾。

身處於同一個空間中卻掛著不同轉速的鐘，你那邊幾點呢，如果這樣問永遠得不到和自己吻合的答案吧。

除了數學上的某一點。

但誰都不知道在那一點到來的時候彼此是不是還站在同一個空間裡，又或許、是不是能抓住那一個交錯。

嘆了一口氣，到底什麼時候才能不為愛情感到煩惱呢？

但是我越來越壓抑不住自己。

更卑劣的用著友情包裹住自己的想望，感情逐漸膨脹擠壓著那拼湊起來的圍籬，以為不要澆水灌溉嫩芽就不會生長，然而有些植物生命力卻是驚人的強。

所以我又不小心撥了電話。

「喂？」

我只是想聽你的聲音。如果這樣說的話，彼此的平衡就會應聲瓦解吧，撐著沉重的負荷艱辛走著的他或許我的情感會成為最後一根稻草也說不定。

「因為很無聊，所以數著通訊錄上的人名，剛好數到你所以就打電話給你了。」

「所以我很幸運囉。」

「我覺得是。既然你那麼幸運，獎品就是陪我打發時間。」

「要聽童話故事還是鬼故事？」

「你的專長就是這個嗎？」

「因為以前住院的時候曾經被隔壁病床的女生逼迫，每天睡前說鬼故事給她聽，結果害我不敢睡覺；於是她很『善良』的要我改說童話故事，但對一個青春期的男生來說，寧可說鬼故事睡不著也不要說童話故事。所以帶著這個挫折，我研究了許多故事，現在就算在鬼屋裡講鬼故事也一點問題也沒有。」

「看來你應該要好好感謝那個女生。」靠在椅背上雖然有些模糊但好像想起一點那時候的畫面，「不過，記得真清楚呢，那時候的事情。」

「這也是沒辦法的事，所謂的記憶是無法選擇的。」

「總會有契機吧。雖然我記憶力沒有特別不好，也記住了住院的某些片段，但後來想想你實在是記得太過清楚了一點，明明是那麼久以前的事情了。

「到底為什麼呢？」我刻意以戲謔的口吻說著，相當仔細的調整著自己的語調與速度，以最安全的姿態將話題拋到最危險的地帶，「該不會是偷偷暗戀我吧。」

能夠一眼就認出短暫認識又相隔那麼久的人，只要想到這一點就會浮現「也許自己對他而言很特別也說不定」的念頭，所以只要得到合理的解釋就能夠打散在心底緩慢發酵的感情。人的想像會在這樣的模糊與曖昧中劇烈膨脹。等到脹大到足以擠壓自己的程度就來不及阻止了。

我只是想得到一個合理的理由。反覆這樣對自己說著，其實心底深處知道這是一種撩撥，也是一種試探，因為嫩芽並沒有被拔起也還沒找到有效的方法抑止生長，只能半放任又帶著狡猾感忽視著它的生長。

「當然是為了報復被妳逼著說鬼故事的仇，所以要清楚的記下來啊，沒有具體的目標不管是任何情緒都會回彈到自己身上吧。」

他並沒有明確的回答是或者不是，而是巧妙滑過問題邊緣，確實回答了卻又規避了最終的答案。

這樣的不肯定反而讓人得到了一種肯定。

我感覺自己開始劇烈的動搖，明明是久遠以前的回憶，卻因為那裡曾經有一份感情而竊喜。我是不同的。儘管只是曾經又或許只有短暫的一瞬間。

之七／波光粼粼又太過湛藍

好不容易遇見了一個輕易就能嵌合在自己需要的存在，拔除之後痛覺會讓人更加敏銳的感覺那些缺口，寂寞的膨脹還在能夠承受的範圍，然而當寂寞被缺口的斷裂處戳破之後，整個身體整個空間整個我的存在都會沾附上寂寞的氣味。

像是趁虛而入一樣。

以他所需要的陪伴作為通往他的路徑，揚起輕輕的微笑說著那只是友情，男人和女人的差別或許就在這裡產生分歧，大多數的男人會相信女人所拿出的感情類別，而大多數的女人卻會猜想包裹在男人表面感情下的延伸。

然而這對我而言並不是件簡單的事情。隱藏自己的真心並不那麼難，而是在他身邊所存在的那個**她**，無論那是一份如何的愛情，那終究是愛情。

無論如何我都不會去瓜分另一個人的愛情。

假使我蠻橫的奪取了他的愛情，我們之間也就從那一刻開始產生了無法跨越的裂痕，也許哪天會出現另外一個人，那個時候就連憤怒的權利也喪失了。當初自己也是那麼做的啊。一想到這件事或許連拉扯或者挽回都使不出力了。

然而我卻越陷越深。

感到心疼所以想陪伴著他。如果為了抽離自己的愛情而棄他不顧的話或許他會撐不下去也說不定。尤其在望著他的側臉時會強烈的這麼想著。

只要不被看穿就好。

對、只要不被看穿就好。

像是找到一個可以藏身的位置，不要出聲好好的躲藏在裡面就不會被驅逐了。罪惡感逐漸蔓延開來但像鑽著法律漏洞的邊緣人一般，抓握著自己的愛情滑走在邊界，雖然沒有護照但我並沒有想要通關的意思，站在這裡張望鄰國縱使看守的士兵會提高警戒但只要我不試圖闖入就不會破壞平衡。

深深的吸了一口氣，我終究還是抵抗不了自身的感情。

……忍住不愛？

嘲諷的我勾起嘴角，一小步、一小步退讓到只要不被看穿就好，為自己留下餘地像退潮一般範圍越加擴張，最後是不是會退到連防線也撤離呢？

假使毫無預警的捲起一陣浪，太過輕易便會被吞噬。所以要儘快轉身上岸，連多一秒鐘的猶豫也都可能被侵蝕。

發現浪再逃跑也還是來不及的喔。

即使明白這一點，卻還是緩慢的、緩慢的往前走去，那裡有誘惑人心的大海。

太過湛藍。

□

「你還好嗎？」

第一次踏進他的住處絲毫沒有猶豫的餘地，我極力避免踏進他的領域或者讓他踏進我的生活，儘管一開始曾經在我的客廳和他喝過咖啡，然而僅僅一個下午的片段就成為不可忽視的重量，極輕微的呼吸依然能嗅聞得到他殘留的氣味。如果和他在過多的地點見面，或許會讓他滲入所有記憶也說不定，於是我和他只在那間咖啡廳見面。除了那裡之外任何地點我都無法負荷了。

生命中有太多的巧合，某些時候被定義為誘惑，但飄散著蠱惑人心的甜美香氣真正的來源或許並不是物件的本身，而是**心中蘊藏濃濃的想望因而使自己感到飢渴**。

看著躺臥在沙發上的他，在深藍色沙發的對比下顯得格外蒼白的臉龐，我的目光絲毫無法移動的盯望著他，也許他的意識已經薄弱到貼合於昏睡的邊緣，卻因為他丟失了理智而更緊縮我的心臟。扣除掉思考，潛藏在深處的需要、在沉沒之前想抓住的那個對方……用力咬了下唇試圖揮散過多的揣想，不、那只是因為沒有其他人了。

在日常之外所能求救的對象就只有我而已。

「徐世曦……你有沒有聽見我說話？」

濃重的酒精氣味飄散在空氣之中，延伸的空間中彷彿被填塞進酒精分子，無論是遠處沒開燈的開放式廚房，或是輕輕移動手肘就會觸碰到的冰冷玻璃茶几，都覆蓋上濃重的氣味。

躺臥在沙發上的他漫無章法地掙扎，唯一的目的是擺放在桌上的玻璃杯。撿起掉落在地板的手機，也許是在殘留著理智時撥打給我的，含糊的說著到底為什麼會這樣，除此之外得不到任何訊息。

……到底為什麼會變成這樣呢？

也許那是連他自己都無法察覺的脆弱，藉由麻痺自己的理智而讓壓在意識底層的感情掙脫而出，他逼迫著自己承受所有的一切，又或者是、如果不支撐起來那麼說不定所有人都會被壓垮。

明明就是分屬於許多人的重量，但卻只有他願意扛起，結果演變成只剩下他扛著並且不得不堅持著的膠著了。

一想到這裡我的心就用力的揪疼，被用力擰轉的疼痛感，除此之外什麼都沒辦法多想，等我發現時自己已經站在這裡了。

沒有辦法放任他一個人承受這些孤單與哀傷。

「徐世曦。」

「我到底該怎麼做才好、我到底該怎麼做才好……」

在我的面前他一直是很堅強的人，無論是病房裡的那個男孩、承接住我的那個男人，或是共享下午茶時刻的他，即使明白他的肩上背負著沉重的負擔，然而在流暢的交談與輕鬆的微笑之中，很多時候我都低估了那份重量。

又或許他始終都在勉強自己。

即使在緊繃到連自己都快要倒下的狀態中，他仍舊伸出手紮實地支撐住我的重量，這是這陣子我才意識到的事情。他應該是沒有餘力的。無論多麼堅強，或許已經模糊到連他也分不清那究竟是堅強或是逞強了。

「你已經很努力了，你真的已經很努力了……所以不用再勉強自己也沒關係，不顧一切的逃走也沒關係，你所背負的責任已經夠多了，連不屬於你的部分也一併擔負起了。這樣下去我也不知道該怎麼辦才好了……」

緊緊抱住他，混在酒精氣味之中仍然不可忽視的他的氣味，透明的液體從我的眼角流下，淚水，或許不能單單用悲傷心疼或者特定情緒來指涉；他沉沉睡去，所有的重量壓在我的右手臂，從被壓迫的位置開始麻痺，緩慢擴散的是一種痛覺。

痛覺。

這份愛情的開始或許帶著些微輕甜，然而滑入喉嚨瞬間擴散的是劇烈的苦，在還能吐出的時候卻反向仰起頭用力嚥下。流著淚水沒辦法說出口。如果將愛情嘔吐出來連帶的自己的某部分也會失去，然而吞嚥的同時我又想起那女人依偎在前男友胸口的畫面，我所厭惡而不能容忍的，也被吞嚥而下了。

我的身軀內部劇烈的拉扯，即使如此厭惡自己也還是捨棄不了他。

終於明白這兩者的不同。那些我感到疼痛的，往往是不得不割捨掉自己身上的愛情，雖然很痛但因為屬於自己所以咬牙就能丟棄，那是會再生的，**所謂的愛情能夠藉由養分再度於身體生長**；然而捨棄了他無論多麼努力的喝下營養液也沒有用，這個世界上就只有一個他而已，一想到這件事我就感到害怕。

好不容易遇見了一個輕易就能嵌合在自己需要的存在，拔除之後痛覺會讓人更加敏銳的感覺那些缺口，寂寞的膨脹還在能夠承受的範圍，然而當寂寞被缺口的斷裂處戳破之後，整個身體整個空間整個我的存在都會沾附上寂寞的氣味。沒辦法消除。

到底該怎麼辦才好呢？

用力的拉出右手，劇烈的疼痛瞬間迸發，用力咬著下唇壓抑著呼吸，我不想成為自己所厭惡的人，也沒辦法割捨他的存在，晃蕩在兩個極端無法果斷的選擇因而陷入泥沼。

這世界上有一部分的人能夠拋棄道德感隨心所欲的順從情感，有一部分的人意志力堅強得能夠捍衛任何定下的原則；然而絕大多數的人們，被稱為平凡人的我們，只能在兩者之間撞擊。最後傷痕累累。

只要他能切斷前一份愛情就好了。雖然會這麼想，已經是殘破不堪的關係了，或許自己在拯救他也說不定；但這些不過是我單方面的自我安慰，無論多麼善意也不代表不會傷害到對方，如果拯救他的代價是毫不留情的毀壞另一個女人，那麼他也不會默默承受這些痛苦了。

收拾了散落的酒瓶，替他蓋上了外套，心中渴切地想留在他的身邊但無論如何都不行，我一向不擅長估算事物，更何況是意志力或者自制力這類抽象的存在。

闔上冰冷的大門我倚靠在門上，雙手摀住嘴盡可能讓自己不要出聲。承受不住重量於是身軀開始滑落，從某一處開始斷裂，安靜的、不得不安靜的我劇烈哭泣。

我和他相隔得那麼近，只要打開門就能夠走進去了，**門沒有上鎖喔**，像是誘惑一般誰在這麼說著；然而正是因為門沒有鎖才會如此痛苦，明明可以輕易打開，卻連觸碰也不能。

無形的鎖關住的並不是門，而是我。

□

一夜沒睡好不容易闔眼卻又輾轉醒來，因為是周末所以乾脆的起身，即使一整天都感到疲憊也無所謂。這種時候我不想勉強自己。

喝了一大杯咖啡沒有任何食慾，望著清朗的天氣卻怎麼也愉快不起來，也許他醒了又或許沒有，大量的酒精無法輕易被代謝，悲傷或者痛苦也是。人的身體沒有自以為的強壯，過量攝取必然會引起不愉快的結果。

拿起手機才發現已經沒電，猶豫了一陣還是換上了新的電池，寫著他的名字的訊息毫無預警的跳了出來。

——可以到車站前的公園來嗎？有些事沒辦法透過電話所以希望妳出來一趟。我會等妳來。

反覆閱讀了幾次，字句似乎太過清醒了一些，又或許他耗費了漫長的時間才結構出流暢的訊息，無論如何在我還沒堅固自己的心之前，這麼輕輕一敲就全部瓦解了。

我會等妳來。

訊息裡沒有確切的時間，我會等妳來，彷彿醞釀了強烈的情感，我的心跳突然加快，並不能具切形容這一刻的心情。我會等妳來。斂下眼我又喃唸了一遍。

已經八點多了，或許他已經在那裡很久了。

披上外套沒有換衣服的心思，無論如何都必須堅強，緩慢的前往車站，並不是很遙遠但也不那麼近；低著頭我不去張望，在還沒有辦法選擇道路的時候越靠近就越加痛苦。

「是妳嗎?妳就是袁語忻嗎?」

站在我面前的並不是我所預期的他，相反的是我毫無預想的人。

不需要任何思索相當輕易就能夠確定站在我眼前的就是他身邊的那個她。

她的美麗並沒有被蒼白掩蓋，帶有羸弱感的氛圍或許很難棄她不顧，緩慢細小的聲音筆直的穿進我的胸口，她沒有任何動作就只是盯望著我。想要仔細的、非常仔細的看看這個女人。我理解這樣的心情，或許正是如此我才感到特別難受。

「他還沒醒。」一動也不動的她緩慢的說著，「打了好多通電話他都沒接，從來不會這樣，所以我很害怕、連一個瞬間的考慮都沒有就趕到他的住處，看見他安靜的睡著，我的世界又安穩了。原來只是睡著了，不是離開我。靠在他身邊看著他的臉，我終於能夠安心下來。對我而言他就等於整個世界，他就是這樣的一個存在。

「雖然他偶爾會說出要離開這種話，但就像揚言要打仗的國家，那也只是一種手段，因為想要資源、想要關注所以他也只是想要我更愛他吧，世界是不會被毀滅的，所以他也會一直在我身邊。但即使世界不會被毀滅，還是有人會想要毀壞這個安穩的世界吧，就像是恐怖份子之類的人，但是我完全無法理解。如果是妳的話，說不定能夠理解對吧。」

沒辦法說出任何話，想要辯解沒辦法發出任何聲音。

儘管我不斷掙扎不斷拉扯、試圖找尋一個合適的站立點，然而在我體內醞釀的罪惡感彷彿成為了一種證明，即使沒有確實去做，但我的確是存在著這樣的念頭。毀壞。她所說的、毀壞她的愛情。

我對徐世曦的愛情本身在她的世界裡，或許就是一種毒氣也說不定。

「在他睡著的時候，我就會拿起他的手機進行確認，沒有必要讓他知道，我只是想保護他而已。因為他是很溫柔的人，所以也不懂得防範。也許是我太大意了，五個月前妳跟他通過電話吧，那時候沒有名稱卻講了將近一個小時，也許是公事，就算這麼想，我還是查了那個號碼，結果什麼也查不到；雖然很擔心，之後卻沒有任何相關的訊息，但是，所謂的恐怖份子都會經過縝密的計畫吧。

「三個月前開始，袁語忻這個名字，就不時出現在他的通聯紀錄，但是我找不到，無論是他的畢業紀念冊或是公司名單，不管怎麼樣都找不到。我打過電話給妳喔，可能妳只當作是打錯電話，但是我確實聽到了妳的聲音。儘管這樣我還是在忍耐，因為他還是在我身邊啊。

「需要他的時候他還是會趕過來，怕我難過、怕我受傷，所以他還是愛我的，但即使他愛我也不代表另一個人不會想搶走他。這世界上的人都很醜惡的，因為得不到我們這樣的愛所以試圖破壞，我知道喔，他身邊很多人都要他離開我，甚至有一些人要我放開他，很殘忍對吧，當然我們是不會被拆散的，因為是真心深深相愛的兩個人啊。

「我看見他昨天最後一通電話對象是妳，我忽然有種很噁心的感覺，想吐的感覺，一想到妳可能不久前才站在那個位置，就難過得乾嘔。像直覺一樣我對照了五個月前的那通電話，跟妳的號碼一模一樣。這個女人打從一開始就想搶走世曦。妳是這樣打算的吧。不可能的喔，這是絕對不可能的……」

她的聲音顫抖的幅度越來越大，我想起她的精神狀況並不穩定，即使是如此我也能感受到她對於他的愛有多麼強烈，強烈到成為一種壓迫。

那樣的愛是種負擔。我並沒有資格說出這樣的話，也更加清楚的明白那是我無法介入的區域。

「我跟徐世曦只是朋友，高中時代認識的朋友碰巧遇上所以偶爾會聯絡，就只是這樣而已。」

就只是這樣而已。這樣說著的時候胸口卻感到刺痛，相當的痛。

「就算妳說不是也沒有用，立刻就會被看穿了，因為我很愛他啊，這個世界上沒有人比我還要愛他了。所以不行，任何人都不行，沒有人可以從我身邊把他搶走。都是你們這些人的關係，他提分手一定都是你們這些人煽動的，因為我的情緒有問題、為了他好，用這些冠冕堂皇的理由來逼迫他離開我……不可能的，他很愛我的，就像我愛他一樣他也深深的愛著我，不管是誰都沒辦法介入的。

「所以妳死心吧，不要再靠近他了，除了我之外誰都不能愛他，誰都不能……**誰都不能搶走他……**」

她的雙手死命抱住自己，彷彿試圖建立起一個安全而無法被入侵的堡壘，她的臉色因為太過激烈而染上不尋常的紅，反覆喃唸著相同的話語，誰都不能搶走他，這七個字一次又一次刺痛我的胸口。

她的愛情太過強烈，強烈到近乎瘋狂。

「妳冷靜一點。」

我試著安撫她，或許我太過輕率了，那一刻的我完全忘記我就是那個起火點，因而我的趨近讓她更加快速、也更加劇烈的爆裂。

就像是恐怖份子投擲炸彈在世界的中心一般。

瞬間。

「我為了愛他可以連生命都不要，妳是辦不到的、妳辦不到的……妳知道我有多愛他嗎？妳不知道對吧，沒有他我根本沒辦法活下去，所以妳不能搶走他，不能、不能……」

在瘋狂之中她拿出一把小刀，短暫的反光刺痛了我的雙眼，有一個空白我是什麼也看不見的，不僅是視野連帶意識。任何的什麼都無法思考，在眨眼之後只能憑藉著身體本能阻攔她的動作，因為太過明白，她的動作並不是一種虛張聲勢。

我要證明我有多愛他。

她的意念強大到灼燙我的肌膚，痛，在她的叫喊聲與周圍開始躁動的聲音之中，我以為那是意識上的痛楚，等到發覺的時候自己的衣服已經染滿猩紅，於是痛覺開始擴散，我才發現她的愛情在我身上劃開一道深刻的裂痕。

而她瘋狂的哭泣。

被路人壓制住的她奮力掙扎，我推開攙扶的手往她走去，傾盡全力的擁抱住她。

「在妳決定離開他之前，我不會讓自己愛他。」

我不能，讓自己的愛毀滅另一個人的世界。

之八／游離在邊緣的我與他與她

即使她緊緊攀附著愛情然而在他心中的愛情早已消耗殆盡，縱使踏進他的心底我也沒有任何錯誤，到底為什麼要逼迫自己忍耐呢？

到底為什麼不能愛呢？

愛情並不是一種交易也無法等價交換，無論如何都想要的時候因為沒有必然得到的途徑，所以也就只能不斷的將自己丟入深不見底的黑洞，於是就這樣一點一滴被吞噬。

終於連帶我們的意志也被吞入黑洞於是我們失去了自己。

或許自己沒辦法察覺，無論是自欺欺人或是身陷其中而分辨不出自己正踩踏在現實或者為對方建構而出的世界。所謂的愛是會在默默之中侵蝕我們心智，尤其在特別寂寞或者脆弱的時刻竄進那個破洞。如果抽離這份愛那麼自己就會裂開一個大洞。

這個念頭從某一個瞬間起蔓延開來，緊緊黏附在體腔之中的任何一個角落，而隨著呼吸隨著汗水的滲出覆蓋了所有肌膚，最後我們全然無法分辨究竟無法失去的是對方、是愛情還是，能夠暫時填補胸口黑洞的存在。

即使仔細的凝望自己或許也無法得出答案，情感的界線太過模糊，對於需要，總是被「需要」這個強大的知覺攫獲，無暇分辨究竟需要的是什麼。無論是那個人或者那份愛情，因為貼附在一起所以沒必要清楚劃分，還是太過殘忍了，不管是對自己或者是他。

我需要的只是愛情。一旦意識到這點彷彿一切只是為了填補自己空虛而開始的劇碼。

然而的確我們是空虛的。心底一片空蕩蕩的。沒有理由也不是為了要假裝脆弱，相反的總是安靜的微笑說著自己很完整。

卻存在著缺口。

沒有一個人能夠真正填補起自己所缺乏的區塊，無論多麼堅強也必然需要，何況我並不堅強。

那一瞬間，正是那一瞬間當我看見她幾近瘋狂的想捍衛自己的世界，也動搖了我的意識。從來我就不曾為了捍衛些什麼而如此義無反顧，為了保護自我所採取的捨棄或者退讓是必須的，我們不得不保全自己。

我清楚地明白她的意識游離在現實的邊緣地帶，又或許是如此在拋棄了理智之後讓人更加強烈的感受到她所懷抱的情感，無論是愛無論是恐懼無論是瘋狂。

清醒著的我們卻在箝制她的同時感到害怕，恐懼的並不是她，而是**如同箝制她一般我們也箝制著的我們自身**，保有理智的同時也不得不忍耐不得不退讓。

我愛著他。那一瞬間在她的瘋狂之中透過她的愛情我深刻的體會到自身的愛情。

遠比自己預想的還要沉重，愛情本身，我自身，以及勉強著自己不斷支撐著她和我的他，一微克一微克幾不可感的重量等到察覺的瞬間已經無法承受。

然而想要瘋狂的我們卻無法瘋狂。

這就是我們所處的世界。所謂**現實**。

□

醒來的時候躍入眼中的是刺眼的白，花了一些時間適應才發現是窗外陽光太過灼烈，喉嚨異常乾渴，想要移動下一秒鐘卻被強烈的撕裂感侵蝕。額際冒出冰冷的汗水，深深呼吸緩慢的讓自己習慣現狀，這裡是醫院，終於我意識到了這一點。

如果沒有痛覺也許會以為那是電影中的一幕，平凡的生活之中總以為太過激烈的事情與自己無關，即使發現男友出軌的痕跡也會說服自己那是多心，在望進她的眼之前這類喪失心神也不願放手的愛情像是劇情，只是吸引目光的手法，看著電視的時候我總是這麼想。

貼近之後卻又顯得不真實，至少我希望那是夢。

我希望自己並沒有那場夢中所感到的那樣深刻的愛著他。

「醒了？」

側過頭我看見他走近我的身邊，憔悴的身影他仍然努力扯開安撫人心的微笑，他一直都是這樣勉強著自己吧，雖然感到心疼卻不能伸出手。但他需要安慰所以友善的關心並沒有越界。兩種心思在我體內撞擊，最後發現其實自己根本無能為力。

也只能給他一個輕輕的微笑。

或許就是某一個瞬間，並不是如我所以為的愛情從萌發而緩慢茁壯，從那一個切合點他就已經緊密嵌合我的空缺。

支撐。

跌落的時候被確實支撐的那一個呼吸，也許就已經深刻的撞擊進我的心底深處，在我的意識能夠察覺並且理解之前，情感性的自身早已貼附。

看著他疲憊的微笑在陽光照映之中卻泛著酸澀。我的胸口。

「嗯。被陽光叫醒的。」

「還好嗎？」

「是有點痛但應該不是很嚴重。」我仔細的確認自己的語氣，輕快而爽朗的滑過，「她還好嗎？」

「吃了藥之後睡得很沉。」站在我面前他沉默的凝望著我，停頓了幾個呼吸之後緩緩的開口，「可能會留下顯眼的疤也說不定……對不起。」

「留下疤說不定是件好事。」側過頭我將視線移到窗外，雖然很想凝望他但我的意志力似乎不夠堅強，「不管是什麼原因，也許很多人會認為是因為情緒問題才沒辦法接受分手這件事，但是在那一瞬間，我很強烈的感受到了她的愛情，她相當愛你，如果當作客觀的事實而言這是不容否認的。像是被她對你的愛情用力的刺穿一樣，有幾秒鐘是完全的空白，那個時候我感覺到劇烈的波動。

「雖然不是令人愉快的方式，但在那一刻我具切體會到她的愛情。醒來之後我一直在想這件事，雖然認為自己愛得很認真、付出得很多，實際上卻從來沒有這樣將自己完全投入的去愛；也許是一種自我保護，但設下安全防線的同時也就留下了空隙。這道傷口，或許會成為一種提醒也說不定。」

他細微而深長的嘆了一口氣。「不管怎麼說都不應該把妳牽扯進來。」

在預期之中他的理智逼迫他後退，如果脫離這個空間或許我會感到不合理也說不定，到底為什麼要這樣勉強自己呢？

每個人都知道她的情緒不穩定而他已經承受太多，到底為什麼不離開呢？

到底為什麼我不能拿出我的愛情呢？

即使她緊緊攀附著愛情然而在他心中的愛情早已消耗殆盡，縱使踏進他的心底我也沒有任何錯誤，到底為什麼要逼迫自己忍耐呢？

到底為什麼不能愛呢？

然而陷在其中的三個人，必須分攤她的瘋狂而堅持更多的理智，無論是他或者我都無法毀壞她的世界。她會自己拆除的。每個人都疼痛的期待著。

「我很感謝妳陪在我身邊，如果沒有妳那時候我可能會撐不下去……但是，看著妳因為我而受傷，就算妳說沒事但如果還有下次呢？這件事我根本沒辦法想像，沒辦法好好處理自己的愛情又傷害了妳，現在的我連對不起這樣的話都說不出口。」

「因為你不需要跟我說對不起。」我以極為安靜的方式說著，「也許會涉入得太深也說不定，如果不想碰觸儘早離開比較好，這是一開始我就明白的事情，所以還留在這裡是我的選擇。不可否認是因為你沒錯，但更重要的是因為自己。

你從來就沒有逼迫我、也沒有要求我，是我自己要留在這裡。」

留在你的身邊。

「我想保護妳。明明是這樣想的，非但沒做到還讓妳受到傷害……」他嘆了一口氣，「妳選擇留下，但我選擇把妳推到安全的區域外。」

「到底、哪裡是安全的區域呢？」

我的目光對上他的，沉默的對望著彼此在白色冰冷的病房之中，瀰漫的不僅是刺鼻的藥劑氣味更加濃重的是他與我之間的酸澀。

對我而言已經沒有任何一個地方屬於安全地帶，物理性的屏障無法保護我內在深層的一切，同時那些以保護為名搭建而成的圍牆也刺傷了我的情感。

「語忻。」他的聲音顯得低啞卻異常清晰，「我不希望妳受到傷害。」

「你不希望讓任何人受到傷害，但結果傷得最重的人卻是你。」

□

她的母親站在我的面前，蒼老的面容哀傷已經貼合她的呼吸，**對不起**，輕卻沉重的擠壓著空氣，儘管如此兩個人的呼吸都極為輕微。

「我沒事，妳不用太在意。」

她搖了搖頭，「我知道繼續維護她遲早有一天會傷害到另一個人，我也知道就算沒有發生這件事，她也一直在傷害世曦。我知道應該押著她去醫院、至少不是這樣順著她還逼世曦留下，我知道世曦做得已經夠多了，但是為了自己的女兒我卻自私的拉著他。妳也很辛苦吧，面對這種狀況，我不是為了柏妍，而是替自己向妳道歉。」

「這不是任何一個人的錯。我們每個人，都只是努力的保護著自己所愛的人。」

「……妳很愛世曦嗎？」

不自覺的握緊雙手，牽動的肌肉讓我的左手臂劇烈疼痛，蔓延到全身連最深處的靈魂。不。我不愛他。我想這麼回答然而無法違逆自己的感情。

「我沒有想要逼問妳，所以不想回答也沒有關係，本來我就沒有資格說這些話，就算柏妍不願意承認但她跟世曦之間早就已經不可能了，只是被她拉著沒辦法結束而已。我知道我很自私，但我真的覺得很對不起世曦，所以希望在這種時候他的身邊能有一個人支持著他，甚至愛著他；但這樣又拖了另一個人下水，果然我的自私只會傷害越來越多人而已……」

心裡的什麼徹底崩塌了。

安靜無聲的塌陷。像是看著默劇一般例如崩裂的瞬間事實上意識是停滯的，只留下簡單的畫面，抽離掉色彩抽離掉聲音因而讓我們更加深刻的記憶住那一秒鐘。銘印在每個細胞上。

「……我愛他。」我深深的呼吸、一次又一次的掬取著氧氣，「我很愛他。」我閉上雙眼。「但是我沒有辦法讓他知道我愛著他。所以我只能用有限的力氣盡可能的支撐著他。」

「為什麼？」

「我沒辦法。就算理解目前的情況但他身上仍舊背負著另一個人的愛情，我並不是在責怪妳或者妳的女兒，那是我自己無法跨越的阻礙。雖然知道沒關係、也這麼反覆的告訴自己，但因為我無論如何都沒辦法接受自己的愛情被瓜分，所以我不想成為自己厭惡的人。一邊厭惡著自己一邊愛著他這是沒辦法的事，只會讓彼此陷入不愉快的拉扯罷了。而且，他現在所承受的已經夠多了，誰也沒辦法知道我的愛對他而言是支持或是更重的負擔。」

「但是……」

「這是我自己的問題。跟任何人都沒有關係，甚至跟徐世曦本身也沒有關係，所以需要時間、需要努力去改變現狀。我不會離開他，至少現在我也沒辦法離開了，所以我會以自己的方式陪在他的身邊，這件事情是唯一我能肯定的。」

她輕輕握著我的右手，泛著淚光卻始終沒有落下。「我本來還希望妳能自私一點，不管一切就把世曦搶走，因為要他丟下柏妍根本沒辦法，就算不愛但他太過負責任了，本來是開朗愛笑的孩子但我已經好久沒有看見他的笑容，沒想到連妳也是這樣的人，讓我更覺得自己卑鄙，利用著你們的責任感跟善良能拖就拖……我真的很害怕，如果柏妍發生了什麼事到底該怎麼辦，那孩子會變成這樣都是我害的，從小我和她的爸爸就一直傷害她的感情，所以她才會沒辦法好好處理自己的感情吧……請妳再給我和她一點時間，也請妳留在世曦身邊……讓柏妍面對現實才是真正愛她對吧……」

□

憋住氣。接著吐了長長的一口，像是要把體內所有氣體都排空一樣，或許能把身體裡鬱積的情緒一併排出也說不定。

……讓柏妍面對現實才是真正愛她對吧？

有時候傷害是一種治療的方式。所謂的現實世界有時太過殘忍，像進行手術一樣，為了治療覆蓋在皮下的患部不得不先劃開表面，也必須忍耐痊癒過程的痛楚。然後還需要時間。

時間。然而在漫長的痊癒過程中誰都不敢肯定能夠堅持到底不放棄。即使說著愛、說著無法捨棄或許會因為太過孤單的佇立在曠野而逐漸被風化。因為不想失去自己所以只好丟棄愛情。

在我和他之間存在的時間差，到底能不能藉由等待而有會合的一天，又或許填補的就只剩下遺憾？

這並不是雙向的愛情，而是源自我自身在原地打轉的感情，沒有承諾沒有連結甚至沒有預留的位置。因而更加艱鉅。

「躺在病床上太無聊所以練習憋氣嗎？」

「不知道腹式呼吸對身體很好嗎？」

「看來妳是很認真的病人呢。」

「我做什麼事情都很認真。」坐起身看著他把水果放到桌上，拿起蘋果在病床旁的椅子坐下接著熟練的削著果皮，「你會用刀子削蘋果啊，真厲害，一整圈都不會斷嗎？」

「如果專心的話就不容易斷。」才剛說完蘋果皮就斷落掉到地上，他停下動作卻沒有撿起的意念，像是切下開關突然停止所有動作一樣，停頓之後他緩慢的開口，「我聽見妳跟阿姨說的話了。我剛好拿蘋果過來。」

他沒有抬起頭而我也無法移開投注於他身上的目光，彷彿是一種默契我凝望著他而他卻當作並未察覺。

「有一種愛情，還沒開始就註定會受傷，但是還有一種愛情卻是，即使不開始也已經讓人受傷。」

痛。分不清是傷口還是意識。清楚的理解他話意中所含帶的強烈拒絕，即使溫柔卻讓人確實的感受到果斷。與阻隔。

「所以因為會受傷就不去愛嗎？」

「即使不害怕自己受傷，然而在自己疼痛的同時也傷害了對方，這樣也還是要愛嗎？」

所以我的愛成為你的疼痛嗎？

「果然還是不能讓對方太了解自己呢。」我輕輕扯開嘴角，用著過於爽朗的語氣，「這樣就封死了所有的路呢，想偷偷前進都沒有辦法。」

「因為那裡什麼都沒有，所以省下一段路程也好。」

「但是有些時候人啊，即使知道前方是一片荒蕪也還是想抵達。」深深的凝望著他的側臉，輕微的輕微的喘息著，「抵達之後，就能告訴對方，這裡有我，所以、已經不是荒蕪了。」

他安靜的削完蘋果切成漂亮的六等份，擺放在白色淺盤中還有原先就已經在桌上等候的兩把叉子。

然後，對稱的雙數卻留下我一個人凝望著孤單的空位。

之九／北極的我以及南極的他

一如往常的我和他只在那間咖啡廳見面，彷彿那段時光、彷彿多了一份愛情在我們之間並沒有任何影響，彼此都仔細的調整著站立的位置，儘管知道兩個人並不是分別處於南極和北極，但還是必須這麼相信著。

彷彿還能嗅聞到淡淡的蘋果香氣，隱隱約約而當認真找尋卻又消失無蹤，殘餘的只有恍惚。

那天我一個人確實的吞嚥下六片蘋果，我想他不會再走進病房，然而出院時我卻佇立在房門間很長一段時間，也許有微乎其微的機會能夠看見他的身影。

終究沒有。

太過理解他的殘忍事實上是一種溫柔，也就是這樣反而找不到適切的情緒，沒辦法憤怒也無法感激，輕如煙縷的惆悵或許就是從那瞬間蔓延開來，暈染了我的思緒。

傷口恢復得相當好，也已經能夠看見結痂之後疤痕的樣態，斜向的疤彷彿指向心臟而微微刺痛著；即使能夠清楚預料手臂上的疤痕，卻無法估算身軀之中將會留下的痕跡，因為還在拉扯擴大沒有癒合的跡象。

偶爾我會獨自坐在咖啡廳的角落，望著那時候兩個人愉快談笑著的位置，因為是愛麗絲的下午茶那裡是日常之外的空間，而我卻扎扎實實的坐在現實裡面。

日常並沒有改變除了留下的傷口，也許像是夢醒之後忽然發現因為太過緊繃而產生的痠痛，物理性的疼痛即使讓人不快卻不足以影響生活；然而在心底深處所殘留的夢的片段卻總是趁隙插入意識的空白，逐漸分辨不出現實與夢境。在這樣的恍惚之中努力的維持著日常。

只要能夠流暢的生活著，或許就能證明自己堅強得足以吞噬消化身體裡膨脹的情感。

一點一點即使緩慢仍舊確實的消化著。

「發生什麼事了嗎？」

「嗯？」拿著午餐我和苡若坐在公司的頂樓，風有點大但在這裡能夠感覺世界不那麼擁擠而能好好呼吸，「沒有啊，怎麼了嗎？」

「我有點擔心妳。前陣子妳一直受傷，扭傷腳、從樓梯上摔下來，最後還受傷住院，雖然妳很輕鬆的說大概是運氣不好，但自從前陣子妳出院之後，就有點不一樣。」

「……不一樣？」

「乍看之下雖然沒有差很多，但是妳的笑容少了、也很常發呆，雖然說不上來，但是總感覺在妳身上流失掉些什麼。」苡若低下頭並沒有望向我，在我們之間留下適當的緩衝，這是她溫柔的體貼，「如果不想說也沒關係，我只是有點擔心，也不希望妳太過逞強，也許我什麼忙都幫不上，但需要朋友的時候我隨時都會在妳身旁。」

……也許我什麼忙都幫不上，但需要的時候我都會在。

如果我也能這麼對他說。

「我……」我沒事。差一點我就這麼說了。或許我也模糊了堅強和逞強之間的界線，輕而微的嘆了口氣因為苡若敲著我的意識，才發現那裡原來存在著一道門而我能夠輕易開啟。輕易的呼吸。「發生了一些事，如果說出來的話就好像會擴大事情的影響性一樣，所以我相信只要生活都沒有改變那麼就會淡化，像身上的傷口一樣，雖然痛但還是能夠活動，適應之後它逐漸癒合，所以最後看見疤痕的時候就會發現一切都已經成為過去。」

深深的呼吸深深的吐氣，苡若安靜聽著我說話，沒有逼迫也沒有探問的意味。

「但是，我一直很不擅長衡量事情的程度，這次好像沒辦法光靠努力就能適應或者癒合。」

「既然這樣就應該想辦法治療它吧，這跟受傷看醫生一樣，差別只是在於，只有自己知道治療的方法。」

風好大。苡若的話尾飄散在四周，明明都是自己再清楚不過的事情，卻不斷的逃避直到另一個人強迫自己正視。或許我並不想治療也說不定，療癒所必須承受的痛楚比原本的疼痛還要劇烈，並且，我不想失去他。

我不想失去他。或許這就是答案。

「我知道。」抬起頭我轉向苡若，「只是一直在逃避。但是，其實也無處可逃。」

「炸出一個洞也行啊，像是開通隧道那樣找來炸藥點火就有路啦。」

「還真是乾脆，都不擔心崩塌壓住自己嗎？」

「那也沒辦法啊，困在裡面遲早會餓死，既然這樣炸開它反而還有存活的可能。」

存活的可能。

「如果我被岩石壓住的話，可以麻煩妳來救我嗎？」

「當然，妳不知道救難人員是我的兼職嗎？」苡若揚起輕快的笑容，「不過就節省資源的角度，還是希望妳能毫髮無傷。」

「嗯、那我就開始準備炸藥吧。」

「一口氣炸開它吧。」

站在車站外這裡是我所想到最柔軟的緩衝地帶，如果不得不說再見的話，至少這裡是個充滿交錯意味的場域。

熙攘的人群逐漸散去，時間在我們凝滯的同時依然等速流逝，**這世界並不存在著真正的靜止**，即使靈魂的某一個部分被冰封，那個部分與整個世界的時間差分秒擴大，融解的同時才發現以為靜止的那段歲月確實的攀附於其上。時間的意義不過是賦予了無形存在的一種抽象概念，用以理解並且接受變化的進行。

因此當我忽然發現來去的人群已經三三兩兩，九點三十七分，確認了時間之後心裡便感到踏實。這樣的變化是合理的，而不是如同我的意識跳躍般從熙攘忽然到冷清。

他的身影像電影運鏡一般從遠景緩慢拉近而畫面以他為焦點，陌生感與熟悉的氣味相互纏繞，那麼接近又彷彿遙遠得不可碰觸，沒有前言故事的切入點就是我和他站在彼此面前，沉默的對望。

究竟在我們之間是相見恨晚還是恨早呢？

忽然我這麼想到，那個喜歡上我的男孩出現得太早遇不上愛上他的女人，而我的愛萌芽得太晚嵌合不上他的等待。

輕輕我扯開笑容。**好久不見**。我這麼說。

沉默的他呼吸著，不帶有任何情緒的面容那是一種武裝，然而他的眼底依然含藏著什麼於是他撇開眼，在無聲之中他的身體醞釀著某些言語，在短暫的停頓之後卻依然沒有開始。

時常我們有很多話想說，最後卻什麼也說不出口。

因為什麼都不能說。

「我們，」我的聲音有些乾啞，綁上鉛塊逐漸沉沒的感情必須用力拉住，如果還想抓握微薄的可能就不能鬆手。「我們之間隔著一個跨步那麼遠，這是物理性的事實，無論是誰都能夠輕易確認的事實；但是在情感性上我和你也許分別站在南極跟北極也說不定。所以，只要維持著這樣的前提，即使肩並著肩走在身邊，也只是走在一起這樣陳述性的事實而已。

「對於你，在我心中的確是存在著愛情沒錯，事到如今也沒有辦法否認，我也已經不想否認。但是扣除掉我的愛情，還是存在著友情，所以身為你的朋友我無法丟下你一個人。並不是為了你而是為了我自己，因為不願意成為一個自私的人所以我不會自己跑走；至少這一點你能懂吧，我沒有想要從你身上得到什麼，就當作是我個人的自我滿足，再怎麼說，我所能做的也只有聽你說話、偶爾陪在你身邊罷了。

「我知道你不可能無視我的愛情，我也沒把握自己不會搞混友情和愛情，任何事情都存在著風險。所以，只要在我即將搞混之前向你確認就好，你並不愛我，只要確認這件事我就能放下從北極偷渡到南極的念頭。我也知道你害怕傷害我，確認你不愛我的確會讓我難過，但是難過和受傷終究是不同的。」

「我只是感到難過而已，而你正受著嚴重的傷。」他緩慢的將目光移向我，忍耐著不眨眼緊緊注視著我，「兩相權衡之下，我認為陪在你身邊是最符合經濟考量的選項，當我開始受傷、或者你的傷口開始癒合、到了你能夠自己承受的程度之後，不需要我的陪伴也不要客氣直接的說出口，不被需要的時候也就沒有堅持不走的理由。

「當然我必須承認，確實我仍舊抱持著在你跨出之後或許兩個人會有一些可能，但那都是之後的事情了。至少目前，在這種情況之下，即使是你主動伸出手，我也不會拉住你。」

單方面把想說的話全部說出口，也許就像堆疊起炸藥並且燃起火柴，擦出火光的瞬間點亮整個洞穴，而我用力將手中的火柴拋向前方的炸藥，劃出一道眩目的拋物線，在殘影之中我的意識裡漂浮著無法聚焦的他的身影，縱使他正站在我的面前而我不眨眼的凝望著他，模糊的影像晃動著因為點燃的是火柴。

無暇倒數唯一能做的只有屏息等候爆裂的瞬間。

存活或者，湮滅。

然後我閉上眼，在他沉默之中原本握緊的拳也無力地鬆開，我聽不見只能在意識裡看見爆裂的火光。光亮之中什麼也看不見。比黑暗更讓人不安，那是全然而絕對性的亮。

我們能在黑暗之中燃起一盞燈，然而在光亮之中卻無能為力。

最後他彷彿伸出手輕輕遮蓋住我的雙眼，讓我能夠稍稍辨識出那是他的掌心。

「從以前就是這樣。」他長長吁了一口氣，我睜開眼看著站在一個跨步之外的他，扯開複雜的弧度低啞說著，「總是帶著輕快的笑容強迫著我，即使現在能夠輕鬆的講鬼故事，也還是沒有辦法抵抗妳。」

洞穴被炸開了。

雖然不知道前方有的是什麼，但終於得以走出那片漆黑。終於得以存活。

「不是早就說過了嗎，兩個人之間不可能完全平等，一定有一方比較犧牲奉獻，雖然看起來似乎是我付出的比較多，但說不定我才是既得利益者。」

「謝謝妳。」

「至少，你不會再說我沒心沒肝了。」

他淺淺的笑了。「我也說過，感謝跟怨念沒辦法相互抵消，所以我可能會在相當感激的同時仍舊認為妳沒心沒肝。」

「反正就算五臟六腑都沒了，我還是既得利益者。」

「語忻。」他緩慢地唸著我的名字，「那次的骨折讓我被迫離開學校球隊，我失去了最熱心投入的球隊，直到現在我仍舊認為那是一份無法彌補的缺憾；但是，如果以那份缺憾作為遇見妳的代價，我很感激上天要的太少。」

「徐世曦。」吞嚥下忽然湧上的喜悅與酸澀，揚起爽朗的笑容，「這種話聽起來像是在誘惑我，所以，請你堅定的告訴我，你並不愛我。」

你並不愛我。

「我、不愛妳。」緩慢而低啞他像複誦一般喃唸著。

「很簡單吧。雖然是有點難過，不過等你多說幾次我可能就坦然接受，最後臉皮就厚到變成銅牆鐵壁了。」淡淡的難過縈繞並且包覆著我，並沒有預想的那麼難受，或許能夠陪伴在他身邊已經太過足夠。「我該回去了，時間有點晚了。」

「我送妳回去吧。」

「不用了，你需要休息，我也需要獨處。」

揮了揮手逕自轉過身，跨出腳步的瞬間卻聽見他的聲音，我不敢回頭害怕自己會沉淪，在停頓之後我深深呼吸。然後前進。

「我還不能愛妳。」他說，「即使愛上一個人，並不代表能夠去愛。在愛情裡我已經精疲力盡，所以我需要跨越、也可能需要很多時間，這段時間也許是連我自己都無法承受的漫長，縱使我再自私也無法冀求另一個人付出連我都無法想像的等待。所以，在還能夠脫身的時候，我還是希望妳離開。」

□

我並沒有問起關於她的事。

一如往常的我和他只在那間咖啡廳見面，彷彿那段時光、彷彿多了一份愛情在我們之間並沒有任何影響，彼此都仔細的調整著站立的位置，儘管知道兩個人並不是分別處於南極和北極，但還是必須這麼相信著。

或許是一種逃避也或許是種權衡，然而在動彈不得的我和他之間這是最適當的選擇。

我還不能愛妳。

然而每當想起這句話，體內的感情就劇烈的搖晃，雖然他說著在我還能夠脫身的時候希望我離開這種話，正因為說出這句話而讓人全然無法離開。我想他指涉的確實是字面上的意義，但傳送到彼端往往醞釀出延伸的意義，人到底是自私的，我以友情包裹著愛情，能夠以友情作為接近的藉口而以愛情作為抽身的理由，或許他心底深處也掙扎拉扯著。

在現實之中的我們，每一秒鐘都在猶豫都在掙扎都在奮力的試圖前進。

她的母親打了一通電話給我，柏妍終於願意去看醫生了、也按時吃藥，狀況越來越穩定了，簡單說完就結束了電話。她並沒有義務打這通電話，雖然想這麼說然而在她的心中或許我已經成為一種安慰，支撐著徐世曦而讓他能夠繼續支撐著她的女兒。

在我和他之間的氛圍也逐漸輕鬆起來，至少不必像一開始那般小心翼翼。當她能夠稍微獨自站立，連帶的每個人所必須施的力量就會減輕，因為看見這樣的現狀而改變正朝著令人愉快的方向前進，於是每個人都鬆懈了。

他逐漸增加的笑容、她母親寬慰的話語，而我也以為在我和他之間的可能性緩慢的擴張。但那只是以為。當我在電話另一端聽見她聲音的那瞬間我忽然明白了。

所有人的期望的終點與她奮力奔向的目的地截然不同，儘管必須經過的途徑在起初微妙的疊合。但前方，在我們都還看不見的前方卻只有她看見了，即將岔出的兩條軌道。

那是關於處於核心位置的**動機**。

並不是為了跨越才進行努力，對她而言，這些妥協這些努力都是為了挽留住他以及他的愛情。

彼此的期待位於兩個極端，終究會斷裂。

「我清楚的告訴過妳了，世曦終究會回到我的身邊，無論是多麼精心策劃的恐怖份子還是沒辦法毀滅掉整個世界的。即使破壞了幾棟建築，只要一點時間反而能夠建造出更加穩固的新大樓。那天發生的事情雖然我記得不是很清楚，但好像讓妳受了傷，或許應該跟妳說聲對不起但我並不想說。

「打這通電話是要告訴妳，因為妳讓我明白了一件事，一直以來想拆散我們的那些人都是以我的情緒不穩定作為理由，但是沒有一個人說世曦不愛我，所以只要扣除情緒不穩定這個理由，就沒有人能夠逼迫我們分開了。所以我想我應該跟妳說謝謝。即使妳曾經想要搶奪世曦，但是愛情是沒辦法搶走的。」

任何一個空隙都沒有留下，我想打從一開始她就只打算單方面說話，所以說完之後她就切斷了電話。喀的一聲。接著是反覆的單音在我耳邊迴盪。

緊緊握著電話滑坐在地上，所謂的現實終究是殘忍的。

然而我說不出口，無論如何都無法說出口，只要一句話語就會狠狠戳破他和她母親的期待，好不容易舒緩的心情也會比起初更加沉重。

我壓抑著自己的喘息，深深的感到自己無能為力，以為能夠成為他的支撐，結果最先跌下的或許是我也說不定。

之十／不能吞嚥的美麗

有好多次我都想這麼說，耗費了一年已經太過足夠，沒有必要為了另一個人毀了自己的人生吧，想要尖酸的這麼說卻沒有辦法。因為那就是你啊，那就是我深深愛上你的理由啊。

有好幾次我都差點說出口，字句的開端滑至舌尖的瞬間卻又張不開雙唇，即使說了又能改變些什麼呢，除了毀壞他的期望之外什麼也改變不了，於是又將變質的話語吞嚥而下，苦澀的味道沾滿整個口腔，揮之不去。

在這樣的沉重之中或許正是因為太過壓抑，反而讓自己的情感從邊緣滑出，於是我自私的跨出那個圈劃在咖啡廳裡的世界，踏進模糊的緩衝地帶。作為偶然。至少在任何人的眼中那都只是一種偶然。

當他走出車站的那瞬間，緩慢的我邁出了步伐，只是一種偶然，恰巧踏進他的視野，只是一種偶然，反覆的我喃唸著。

我只是想見他。我只是需要一點氧氣。

「語忻？」

停下腳步轉過頭我將視線投注於他的身上，或許過於張揚了一些，然而我想他並未察覺這樣的動作只是一種掩飾，從頭到尾我的目光都膠著在他的身上。

「你剛下班嗎？」

「嗯、這陣子差不多都這個時間，不過很少遇見妳呢。」

除了那一場雨。

對於他而言出入車站屬於他規律日常的部分，然而卻不是我的，只要稍微認真一些去探究就能夠發現，狀似偶然出現在他面前的我之中隱藏了太多的刻意。昭然若揭的事實。

是我跨進了他的生活。憑藉著我自身的意志。

「是啊，只是忽然想要散步，雖然想要安靜但在晚上還是不敢走進小路，結果就只好順著最亮的路走了。」我轉開了話題，我不擅長說謊尤其是對自己所在乎的人，「不過每天都這麼晚下班，還真是辛苦。」

「剛好是業務的高峰期，平時偶爾還能走在夕陽下回家呢。」

「夕陽啊，一定是很美麗的景色吧。」

輕輕揚起笑容，盡可能和緩的呼吸，我的理智和我的情感卻從某一點錯開，失速向前。

失、速。

對了，從她切斷電話的那一個斷然開始。雖然極力想要壓抑卻一點辦法也沒有，不斷的她宣示著「那是我的愛情」，那是我的愛情喔誰都搶不走喔不要否認妳就是想毀壞我的世界的恐怖份子我都看穿了喔不管再怎麼偽裝都沒有用喔，我知道妳愛著他喔，我知道妳愛著他，妳愛著他，但是沒有用的喔，不管再怎麼努力都沒有用，沒有用，沒有用……在我心底的罪惡與噁心感愈加膨脹，深深的無力與不甘心啃食著邊界，或許衝破了一個臨界之後，無論多麼厭惡自己都還是想要抓握住眼前透著微光的可能性。

想抓住他。

這樣的意念彷彿爆裂一般在我身軀之中劇烈震盪著，人啊、**只要不小心越過了一步就會越來越貪婪**，雖然告訴著自己只能到這裡為止，卻因為離開了封印而不願再度被綑綁。如果退回去的話，到底自己的愛情什麼時候才能重見天日呢，說不定就這樣墜入暗無天日的深淵再也沒有觸碰日光的可能喔，身體裡有一道聲音這麼說著。

「如果是日出的話，一定更漂亮吧。」我輕輕的、深深的，吸氣，然後，說，「要去看日出嗎？雖然很突兀，但臨時興起的事情就必須捨棄所有的計畫性。」沒有留給他接續的空間我的聲音再度落下，「很困擾吧，突然說出這樣的話來，只是忽然想到如果用力打亂日常規律的話，或許能看見一點開口也說不定。而且，看見日光打破黑暗的瞬間，說不定就能獲得重生的可能性。」

某些什麼在我和他之間暈染開來，像滴進瓊漿中的朱墨。美麗卻不能再飲。

「好像已經離徹夜不眠的年紀有段距離了。」他扯開淺淺的微笑，眼中泛著溫柔的餘波，也許我的心思輕易的被看穿了，但是他相當輕巧的走在邊緣之上，「所以，明天早上我去接妳吧。如果賴床的話就看不見日出了。」

□

還沒破曉的城市閃爍著點點燈光，他安靜的開著車我將頭斜靠在窗邊凝望著他，往海邊的方向我和他離城市越來越遠。彷彿正要一起離開。

吶、就這樣不帶任何行李逃到世界的邊緣吧。

如果這樣說到底會得到什麼樣的回應呢？

風非常大，比預想中還要張狂的刺入身體，鹹膩的氣味混在風中黏附在肌膚即使隔著衣物依然能夠竄入，彷彿我看見自己的愛情就像海風，無論多麼努力阻隔依然如同赤裸一般站立在空曠的海岸邊。刺痛著我的每一吋肌膚。連零點零一毫米的空隙都不留。

「好冷。」

「跨越了重重阻礙所看見的日出會更加深刻而美麗吧。」

一邊說著他脫下了大衣披在我身上，彷彿只要不被提及在黑暗之中這樣的溫柔是被允許的。他的氣味他的溫度環抱著我，我壓抑著不讓自己太過用力的呼吸，也許一不小心會染上他氣味的癮，於是越來越貪婪，越來越無法戒斷。

「海平面的那邊已經開始透著一點光，很快就能看見日出了。」

在沙灘上坐下，冰冷的細沙摩擦著肌膚，隔著適當距離的他和我，儘管拿捏在合理的範圍但那卻是在兩個人都能夠安分的待在原地的前提下，我啊、或許心中的原則性並沒有自己所想像的那麼強，儘管厭惡著瓜分他人愛情同時也厭惡著自己；然而，無論多麼厭惡自己都無法壓抑對於他的渴求。

我愛他。簡單的陳述性事實。

我非常非常的愛他。已經到了無論用著多麼理智的口吻還是無法隱藏情感的程度了。

於是我緩慢的、緩慢的傾斜，就是從這一秒鐘開始我和他之間已經失衡，果然我一點也不擅長估算程度。將頭輕輕靠上他的肩膀，我感覺他微微的震動但沒有人開口，也許彼此都試圖遊走在灰色地帶，視而不見就能當作愛情並不在那裡。

「因為在日常之外、因為在遙遠的海邊、因為在等著海平面那邊的日出，一不小心就自私的把這裡當作另一個世界，也許會越來越貪心，但是在那邊的世界裡的我，已經快要被淹沒了。我知道撩撥絲毫沒有用處，又或許這樣想著的我只是利用你的責任感自顧自的說著，那個世界裡的你，看著那樣的你就感覺相當的心疼，必須努力的克制才能壓抑住想拉著你逃開的欲望。

「那又不是你的義務。有好多次我都想這麼說，耗費了一年已經太過足夠，沒有必要為了另一個人毀了自己的人生吧，想要尖酸的這麼說卻沒有辦法。因為那就是你啊，那就是我深深愛上你的理由啊。我啊，現在是在自言自語喔，如果你聽見的話那一定是在作夢，夢見我在說話。

「但是想到能夠在你的夢裡出現就不自主的竊喜，雖然沒辦法在那個世界走近你的身邊，但在那之外的世界或許你能夠屬於我。屬於。無論多麼輕的唸著這兩個字，我整個身體就會顫抖了起來，像是明明知道那是不能觸碰的物品卻忍不住偷偷的觸碰了，殘留的或許就是這樣的顫動。

「我和你之間，存在著時間差喔，雖然分不清究竟是誰的世界旋轉得比較快，但彼此之間卻一直處於追趕不上的絕對性差距，我曾經想過究竟我們是相遇得太早還是太晚呢？但如果不是在這個時間點遇見你的話，你不會拉住摔落樓梯的我，我也不會看見讓人心疼的你，這好像是沒辦法的事情。

「註定，如果通通推給命定論就能夠對著上天憤怒吧，但事實上卻沒有辦法憤怒，相反的是充斥著濃濃霧氣般的惆悵，在霧氣之中看不見自己也看不見你。可是霧氣卻遮掩不了貼附在身上的愛情。我很愛你。也許到了自己也估算不出來的程度，但是，我不希望自己的愛情成為加諸在你身上的負擔。」遠方的太陽緩慢升起，以為暫停的世界仍舊確實轉動著，「所以，讓我的愛情融化在日光之中，成為輕而溫暖的存在披灑在你的肌膚。成為微微的日光。」

太陽浮出水平面，眩著我的雙眼，扶正傾斜的身軀在日光之中將自己重新歸位。

但是我的愛情已經劃破黑夜融入日光。

所以，你能看見。

「沒想到日出的過程那麼短暫，好像一眨眼就從黑暗跳躍到天明，海平面上的微光彷彿想像，即使相隔不到一個小時卻已經顯得模糊。不過，或許模糊的記憶反而顯得更加美麗。」凝望著他我的嘴角揚起適當的弧度，「說這些話好像太過矯情，簡單的來說就是日出很漂亮。」

「是想搶奪我文青的頭銜嗎？」

「我想這頭銜還是比較適合你。你快點回去休息吧，好久沒有那麼早起床我好睏。」

「真的，不用送妳回去嗎？」

「反正很近，再說，如果分不清楚兩個世界的疆界就糟糕了。」

拿下披在身上的大衣，在一個呼吸的停頓之後我遞給他，清晨的車站已經出現三三兩兩的行人，不讓他送自己回家是一種對自己的阻隔。至少在這裡，離我不那麼近。

我可以慢慢踱步回到現實。

「那……」

「世曦？」

他的手才剛剛接過大衣，阻斷他話語的是一道熟悉卻又陌生的細小聲音，側過頭我看見單薄的她站立在三個跨步那麼遠。蒼白的面容抽離的血色彷彿滴在我的胸口，蟻蝕般我的肌膚傳來隱微的刺痛，細小而絕對。

對峙一般三個人形成三邊不等長的三角形，他以及我以及她，靜止的世界卻開始在我意識中旋轉。暈眩。她的目光。他的僵結。我、突然我想起我沒有任何資格成為一個點。

「因為你的電話打不通，又發現你不在家，所以我很擔心，害怕你發生了什麼意外，所以、所以想沿著你上下班的路……」她的視線膠著在他的身上，他微微皺起眉卻絲毫不移動的承受著她過於濃重的感情，如果撇開雙眼說不定能夠輕鬆一些，但因為她無法擔負他些許的拒絕因而他逼迫著自己支撐，「為什麼、為什麼會在這裡呢？」

她沒有看向我，連一點餘光都沒有投注於我而是全然放置於他的身上，她正在封閉著自己，正在努力拒絕著眼前的畫面，而我不能開口也無法移動，只要稍稍的動作都可能打破她表面僅剩的平靜。

「柏妍……」他嘆了口氣又或許沒有，無能為力的氛圍如同牢籠一般箝制住他。動彈不得。「阿姨知道妳一個人出門嗎？」

「為什麼會在這裡呢？」聽不進任何言語她需要的是他的撫慰，「世曦，你知不知道我找不到你我好害怕，真的好害怕，所以我們回家好不好，回家，現在就回家好不好？」

拖曳著影子她一步一步朝他走去，緩慢卻帶著巨大的壓迫，我的呼吸開始悶滯，只能沉默的盯望著在我眼前所發生的一切而無能為力。如果能拉住他的手。如果能夠一起逃離。如果能撇開雙眼。如果能對她說請妳放了他……然而無論哪一個如果我都，做不到。

終於她緊緊抓住他的手。

「……我們回家好不好？」

我的淚水安靜滑落。被她的愛情包圍著的我的愛情以及他的愛情，糾結成團而無法釐清也無法剪斷。困在愛情之中的愛情。每個人都如同泅溺的魚，荒謬卻默默沉沒。

用愛搭建而起的監牢，比任何材質都還要堅固，甚至比恨意比惡意還要令人難以承受，難以掙脫。

「……我們，回家。」

沒有風。沒有聲音。沒有任何一點流動感。彷彿靜止一般的這個空間卻能夠清晰的聽見呼吸。

他的手緩慢卻斷然放在她的手背之上，她渴求的眼光泛起了些許光亮，刺眼的光芒，極為輕緩極為緩慢卻絕對的，他移開她的手。凝結的空間在他的手與她的手錯開的瞬間劇烈的流動，時間失速的轉動、不顧一切像是要把所有人所有物體都拋出世界的姿態瘋狂的旋轉。

瘋狂的崩裂。

不需要任何言語正是如此簡單的動作。阻隔。

儘管說著要離開卻能在屏除所有線索之後反覆說服自己那只是一種虛張聲勢，因為你從未揮開我，緊緊攀住這個陳述就能鞏固自己的世界；然而，在只有我和你的世界裡卻出現了另一個人，對、恐怖份子，所以必須驅逐，闖入的是她而你依然站在我的面前。你還站在我的面前。你就站在我的面前。但是為什麼呢，這一瞬間，你卻鬆開了我的手，你鬆開了我的手，而她就站在那邊。我的世界。我的世界被毀壞了。不可能的，世界是不可能被毀壞的，因為你不會離開，因為我深深的愛著你而你也深深愛著我，但是你鬆開了我的手，但是你，你鬆開了我的手……

忽然她用力的攀住他。傾盡全力的。如果不緊緊攀附就會溺斃。

「不要、你知道我很愛你的，你知道的對吧，像我知道你也很愛很愛我一樣……世曦，我們回家好不好，求求你我們回家好不好……」

「妳冷靜一點。柏妍，妳冷靜一點。我送妳去醫院。」

「我們回家好不好，我們回家……」

她正在墜落，失速跌入意識的深處而來不及拉住她的手。他用力支撐住她，碎落一地的她的愛情讓我感到有些恍惚，看著他抱起她快步奔跑向前的身影逐漸遙遠，我卻只能僵立在原地。

癱軟的蹲下身緊緊環抱住自己，越加灼熱的日光披灑在身上我卻因為灼熱而反向感到寒冷。我說，讓我的愛情融進日光披灑在你的身上就好。然而我卻不知道，日光是那麼灼燙又那麼寒冷。

之十一／句點被強行帶走，於是只能延續

痛苦是必然的，任何逃避都只是在延遲那份痛苦，而在拖延的過程中所累積的痛苦會愈加巨大，也許超出了某一個臨界就會吞噬人們，又或者因為害怕而永遠無法逃脫。無法重生。

呆站在醫院門口好幾個小時，終究我踏不進那道冰冷的玻璃門。

那天晚上他打了一通電話給我，不要來，簡單的這麼說，雖然沒有特別的解釋但我卻異常清晰的明白，在他的話語之中包含的並不是拒絕，也不是害怕我的出現會再度刺激她，單純是對我的一種保護。不是妳該承受的。沒有被說出口但貼附在句子上的延伸意義的確是如此。

「你……還好嗎？」

「終究必須面對的，雖然一度抱持著希望但因為靠得很近所以比誰都清楚，」

他嘆了一口氣，低啞的聲音振動著我的思緒，「也許每個人都認為我是受害者，其實我比誰都明白，讓狀況越來越膠著的其實是我。在開始的時候，雖然有點困難但還是能夠離開的，因為心軟結果只是讓傷口越來越潰爛而已。如果那時候果斷一點離開，或許就不會變成這樣了。」

「這不是你的錯。」我聽見他的呼吸。「我不是在安慰你。你已經盡力了。比任何人都還要努力、還要勇敢的擔負起一切，她生病了，這是事實，她所相信的世界和我們所看見的世界是不同的，你比任何人都還要用力的拉住她，希望她回到這個世界來，但是，不願意回來的是她。你已經耗盡全力了。」

只是這世界上我們所面對的許多事，無論多麼努力都無法達成。這就是現實。然而沒辦法將這些話說出口，如同我努力的克制對他的愛，結果卻反向膨脹，越來越無法放開。

「謝謝妳。」

接著是延伸的、沒有盡頭般的沉默，誰都沒有掛斷電話，依靠著對方的呼吸支撐著自己，沒辦法到另一個人的身邊，雖然極度渴望但沒有辦法。如果見面了反而會承受不住也說不定。

最後我切斷了電話。

在那之後我和他就沒有聯繫過彼此，即使走到了醫院門口，只要再往前走個幾步就能看見他的身影，然而無論如何我都跨越不了。彷彿必須踩過她愛情的碎片才能到達他一般。越來越厭惡自己，終究我還是以不愉快的方式毀壞了她的世界。

倚靠在冰冷的牆邊垂下眼迷濛的盯望著地面，這個世界在我們無法跨出的糾結裡依然一分一秒的流逝，停滯的我們體內的某部分跟著時間一起流失，沒有辦法確切指出但能清楚感覺到身體裡的空洞逐漸擴張。儘管知道也明白必須移動，但還是凝滯在同一個定格。

至少在這個糾結裡有你，跨越之後是不是還能看見你？

「妳……」

抬起頭我看見的是她的母親。

有很長一段時間她就只是站在我面前，沒有人開口彷彿正在等候一個適當的時間點，找尋流動的切口，可以將話語丟進我和她之間。

「柏妍的狀況很不好。」乾澀的嗓音透露著厚重的疲倦，眼前的這個女人長久處於緊繃狀態，誰也無法預料下一秒鐘是會被彈出還是應聲斷裂，「其實在她認識世曦之前就已經有情緒問題了，斷斷續續接受過幾次治療，起起伏伏的，一直到遇見世曦才真正穩定下來。那一段時間我真的以為她痊癒了，但也只是我的自我安慰吧。我沒辦法告訴世曦，所以他一直認為是自己的錯，是他讓柏妍陷入這樣的狀況。

「我很痛苦，也感到很罪惡，但是我也很害怕世曦知道真相之後就會離開，這樣柏妍可能會崩潰，我可能會失去她……只要想到這些我就說不出口，但是這幾天我連看著世曦都沒辦法……我就是這樣自私的一個人。明明不是她的錯卻把我自己的人生挫折全部推到她的頭上：優等生也會未婚懷孕啊、休學也是活該、裝作乖乖女私底下卻跟混混亂搞真是噁心……

「只要看見柏妍我的腦中就會聽見這樣的聲音，都是她毀了我的人生，我開始用這種殘酷的念頭保護自己，甚至對什麼都還不懂的她說出『如果沒有生下妳就好了』這樣的話；她一直很努力想討好我，但是看著那樣的她我就更加厭惡自己，結果把所有負面情緒全部發洩在她的身上。

「到了她割腕昏迷在浴缸裡我才發現她已經生了很嚴重的病……但就算發現我也還是逃避，逃到現在終於無路可逃了，但是被強迫注射藥劑的是她、被折磨的人是她，我還是毫髮無傷的站在這裡。」

她沉重的嘆息，比前些日子更加蒼老的臉龐，斂下的眼看不見任何她的感情。

「對妳說這些話也很自私吧，自顧自的把重量轉移到妳的身上。」她抬起眼望進我的雙眼，那之中有很深的什麼我無法分辨，「請妳多給世曦一點時間吧，他被我和柏妍拖住很長一段時間，所以可能需要一陣子才能走到妳身邊。」

我們都需要時間。

伸出手我輕輕握住她的。

「即使他走得很慢也沒有關係，我會走過去。」

我們的人生有很多期望，然而在那之中的某部分不僅偏離了我們的期待，並且是往相反方向背道而馳。

無論奔跑得多快都無法挽回或者阻止，也許有一天能夠將其視為註定，那在我們生命之中必然失去的部分。

然而所謂的必然，在定義上而言卻充滿著解釋性與情感性，又或者我們從來就不相信命運；唯一能夠被肯定的，就是已然發生的那些事以及已然相遇的那些人。

我們所能做的、不得不做的，就是面對那些已然一步一步的前行。

然後努力的活著。

□

那是下著雨的晴朗天氣。眩目的陽光細雨融在溫暖的熱度之中，看見了彩虹也說不定。太過深刻的午後。

接到電話之後我意識空白的坐在沙發上，蜷曲著身軀將頭埋進雙膝之間，微小而有限的空間裡我輕微喘息，將移動的可能性降到最低，呼吸與呼吸之間異常明顯的感受到那份震動，從胸腔開始。

陷落在**理解**與**接受**之間所存在的落差，我閉上眼感覺身體開始發冷，並不是體表所感受到的物理性溫度變化，而是心底的某一點急遽降溫，連帶的耗盡了周圍、連帶的周圍以及更遠端意識的熱量，微微的顫抖，隔了好一陣子我才發現顫抖的原因不僅僅是冷。

我正在哭泣。

在我的意識之外我的情感已經落下了淚水。

事實上我感受不到任何情緒。**還感受不到**。所知覺到的冷、顫抖以及淚水都是具體而可以被驗證的感受，意識像被蒙上一層絨布，雖然透過絨布能夠感受到外界的變化，但看不見任何事物。

理解和接受像是斷線一般，雖然必須連結起來但目前還沒有辦法，而第三空間裡的情感卻進行得更加迅速，反應出來的，例如顫抖例如哭泣，所以也許我是悲傷的。我想。

現在是凌晨兩點二十二分。不、那是我接起電話的時刻，雖然是相當輕快的旋律，但在靜到連呼吸都成為巨大聲響的深夜，短促跳躍的音符彷彿豆大的雨滴毫無預警地傾盆而下，嘩啦嘩啦伴隨著震動包覆整個空間，無論是耳朵或者意識都充斥著嗡嗡嗡的聲響。

打開床頭燈突來的光線有些刺眼，瞇起眼一旁的電子鐘顯示的就是222這串並列的數字，有一瞬間還以為自己並沒有看清楚而讓某一個數字覆蓋了視野，確認之後的確是這個數字沒錯。

耳朵適應了之後才發現那是熟悉的電話鈴聲，絲毫不放棄的響著，有些強烈的什麼正傳遞而來。螢幕上顯示的是他的名字。怔忡了一會終於我接起電話。

「……喂？」

首先我聽見的是濃重的呼吸聲。雖然他立刻就開口了但那短暫的瞬間確確實實傳來令人無法忽視的沉重感。坐起身我的心臟鼓譟了起來，比平常更加劇烈更加用力的跳動著。

「她走了。」

沒有任何開場白簡單明瞭的敘述句。或許是因為太過簡單反而讓人無法在第一時間攫獲正確的意義。

她走了。

我默唸了一遍。敘述句。過去式。主詞。她。走。動詞。了。表示已然改變後的狀態。

終於我完整的了解語句的意義。

有些決定性的什麼已經成為事實。並且沒有任何挽回或者否認的餘地。

「這些日子她的狀態越來越不穩定，糟糕到惡劣的程度，注射大量的藥劑逼迫她保持昏睡的狀態，但這樣下去到底能撐多久呢?不管多麼努力的忍耐，一次又一次告訴自己、告訴彼此讓她睡著是必要的手段，但注視著安靜睡著的她就好像是我們剝奪了她的人生，最後阿姨還是沒辦法看著這樣勉強活著的她。不醒來就沒有痊癒的可能性。這是每個人都知道的事情，讓她這樣睡著也只是一種消極的生存而已，就算知道這件事但到底能怎麼辦呢？」

他以相當冷靜並且有條理的方式詳細的訴說，儘管這是他一貫說話的方式，然而在這樣極端的情形之下，一切都顯得太過不尋常。他太過冷靜也太過理智，甚至太過詳細而客觀的去描述這件事。**客觀**。我突然發現這一點，彷彿第三者說著故事一般在闡述整件事情。

他所承受的必然比我所能想像的還要超出太多。

沉重到無法以主觀立場來述說這件事。

我想趕到他的身邊。立刻。但我必須先讓他說完。讓他知道我正在聽著他的聲音。

你的情感是有人正在承接著的。

「即使知道可能會帶來不愉快的結果，還是依照阿姨的意思慢慢減輕劑量，就像不久前讓人看見復原可能性的樣子，雖然還是很糟糕但至少比想像中好一些，每個人都在這樣的自我安慰裡努力支撐著。但事實是，就算是被說成是她全部世界的我，待在她身邊她依然認不出來，無論多麼努力的和她說話，她已經不顧一切的把自己和外在世界的連結給切斷了。

「在我們丟棄她之前，她就先丟棄了這個世界。她曾經對我說過，她寧願自己丟棄別人也不願意被別人丟棄，剛剛我忽然想起了她說過的這句話。但現在想起來只覺得更加無能為力而已。

「這一切發生得太突然，趁著每個人都睡著的時候她偷偷起來，找了一把刀用力劃下，這也是沒辦法的事情，誰也沒辦法二十四小時都警覺著，雖然想很狡猾的這樣說，但並不是突然，而是從很久以前開始我們就一直忽略她的求救。因為她忘記怎麼求救所以我們才沒去救她，就算可以自我安慰，但我卻沒有辦法。

「替自己想了一個又一個的理由、身邊的人也幫我搭建一層又一層的台階，但沒有辦法相信那些理由的是我、沒辦法走下台階的也是我。我很後悔也很愧疚，離得那麼近卻都沒聽見她掙扎的聲音，直到她陷入自己的世界之後才試圖努力。」

不透明的悲傷透過呼吸傳遞而來，用聽不出任何情緒的聲音訴說著蘊含巨大痛苦的話語，彷彿他也試圖在自己身邊搭建起阻隔他人的牆。在阻隔的同時又以邊緣人般的姿態求救。**無視於她的求救的我到底還有什麼資格向另一個人求救呢？**這句話語不斷敲打著我的腦袋，雖然他並沒有說出口，卻異常清晰的搖晃著我的意識。

「以這種姿態終止的關係，像是強迫性的畫上句點，儘管一直以來我都是那個努力想畫上句點的人，但這樣的終點讓人完全無法坦然接受。像是用力奔跑結果毫無防備的撞上死巷。這裡就是盡頭了。故事就到這裡結束了。一點反駁的餘地也沒有，就只能被迫接受這一切。結果發現就算畫上句點，也聽見哪個人說『故事結束了』，但心底深處無論如何都無法接受，最後終於明白一件事，」他的聲音稍微緊縮，在緩慢而平板的語調中彷彿忽然出現高低差一般讓人踉蹌失衡，「在她切斷她與世界連結的瞬間，也把應該有的句點給帶走了。」

句點被帶走了。

漫長的沉默剩下的只有他和我的呼吸聲，心中積聚了大量情緒，填充到即將爆裂的程度，話語彷彿衝到了喉頭最後卻連一個單音也發不出來。想說些什麼、也感覺自己有很多話想對他說，但在動作即將被拋出的瞬間忽然意識到自己根本不知道該說些什麼。

「你、還好嗎？」

最後只能回歸到最初的起點。關於你、關於徐世曦這個人的本身。這是我最急切想要得到的答案。

「我不知道。」他說，在短暫停頓之後，「雖然很清楚的知道自己的狀況很糟糕，但是現在的我卻還沒有感受到，大概是一種自我保護，也可能是還沒有完全接受這件事，我現在站在醫院的走廊，她的病房就在我的面前，好像只要打開門就會看見她。雖然知道她不在裡面，但又覺得只要打開門就會看見她。現在我就處於這種狀況。我想只能在現在打電話給妳才能完整的告訴妳，不知道什麼時候，也許就在掛斷電話之後，等我的身體追趕上現實之後可能就沒有辦法讓妳明白這一切了。」

「世曦……」

沙啞的嗓音好不容易說出他的名字，但卻沒有辦法接續，很想說些什麼但就算努力的終於把聲音擠出來仍舊無法形成有意義的字句。

我會在你身邊。

不需要一個人支撐我也會伸出雙手一起負荷。

這些意念沒辦法轉化成聲音或者文字，在這個時候只會成為他額外的重量，無論是愛無論是關心都可能比任何負面感情更加沉重。然而不管怎麼樣都必須讓他知道他並不是一個人。

「你一個人在醫院嗎？」

「阿姨剛剛離開。」他深深的呼吸。呼吸。「我知道妳很擔心，在這種時候立刻打電話給妳是怕妳在模糊的情況下更加焦急；但是不要過來，無論如何都請妳不要過來，就算是透過電話我也能感受到妳的情緒，很清楚的感受到妳想陪伴我的心情，儘管是這樣還是請妳不要過來。

「雖然我很想見妳，但如果現在見到妳的話，說不定會將自己全身的重量都壓迫在妳身上，也說不定會放棄，就算以不愉快的方式但還是結束了，也許會被這樣的念頭牽著走，就算現在能得到舒緩，但最後仍舊會浮現的。**沒有真正解決的事情，永遠都無法成為過去**。

「所以請妳不要過來，我必須好好的整理，無論是這一切還是自己。可能需要一段時間，我只是想讓妳知道這件事。」

即使在這麼艱難沉重的狀況下他仍舊體貼的考慮了我的感受。

認真而仔細的思考過我以及我的愛情。

對於這樣的他到底要如何才能不心疼呢？

「我知道了。」貼靠著發燙的電話，不舒適的感受膨脹了他話語的力度，一個字一個字我都毫無遺漏的聽見了，「有很多事需要整理，雖然幫不上忙但希望你不要太苛求自己，這的確需要時間，也許是幾天、幾個月，或者更久，這沒辦法預知，我也不會追問；我不會刻意等待，也會以自己的步調好好的過生活，不是試圖減輕你的負擔才這樣說，這點你不用擔心。」

「語忻……」

「嗯？」

「那時候妳給我的那把傘，讓我遮去雨水順利的回到家，在那之前我在車站前站了好一陣子，一邊猶豫著究竟要等雨變小還是要衝進雨中，但是妳給了我另外一個選項。那天晚上，我終於下定決心不管怎麼樣都要結束和她的感情，雖然妳並沒有這個意思，但的確指給我一個路口，不往前走不行，只要看著那把傘就會這樣告訴自己。我後悔的是沒有及時發現她的痛苦和求救，但是我從來不後悔我決定離開這件事。」

痛苦是必然的，任何逃避都只是在延遲那份痛苦，而在拖延的過程中所累積的痛苦會愈加巨大，也許超出了某一個臨界就會吞噬人們，又或者因為害怕而永遠無法逃脫。無法重生。

所以他正穿越著充滿棘刺的小徑，劃下一道又一道的傷痕、滴下鮮紅的血液，然而他確實的、一步一步往前方走去。

我們並不知道前方有些什麼，也許並非我們所期待的終點，然而不抵達就永遠不會知道。永遠看不見那片燦爛。

之十二／遙遠與貼近，以及彼端

無聲的空氣流動在我和他之間，並不是沉默，而是開口前的醞釀，積聚在體內大量的情感以及言語太過巨大，一時間無法通過狹小的通道傾吐而出。雙唇無聲的開闔卻只能深深的凝望，等著情感緩慢的流洩而出。

一天之後又過了一天，起初會這樣數著日子，然而當時間確切的往前推進之後，時間感反而模糊了起來，一天或者兩天事實上也沒有太大的意義了。也許所謂的等待只是一種心理狀態，生活的一切、日常的軌道都流暢的進行著，物理性的自我確切的前進，但情感性的自我卻停滯在某個時點。

我並不會刻意的等待。那時候我是這樣告訴他的，我猜想彼此都明白我狡猾的語法卻不糾正，彷佛恰好都忽略了字句中的詭奇，等待原本就毋須刻意。他所需要的時間或許並不是依照著年月日的切分，那麼具體的數著也是一點用處也沒有。

偶爾會安靜的站在階梯上，凝望著他也許會走來的方向，甚至在某些瞬間極端的想著，也許只要踩空他就會出現在我面前承接住我。然而那也只是一種想像。於是我比平常更加小心的行走，或許因而讓看似毫無變化的日常產生了絕對性的差異。

「妳站在這裡發什麼呆？不小心可能會摔下去喔。」苡若的臉上帶著飛揚的微笑，「怎麼了嗎？」

「在懷念跌下去的感覺。」

她愣了一下忽然笑了出來。也許是當作我在開玩笑，沒必要多作解釋所以我扯開淺淺的笑容，和她一起走下階梯。

「這個星期六要一起出來吃飯嗎？除了聚會之外，附加目的當然還是找尋邂逅的機會啦。」

「這時候邂逅了誰反而才麻煩呢。」

「妳該不會已經出現獨身主義的念頭了吧。」

「不是。」望向遠方的太陽，只要站在這裡不久之後就能看見夕陽，然而我極度想念那天的日出，彷彿只要閉上眼就能看見微微的光亮，「因為心底已經有人了。」

「真的嗎？怎麼都沒聽妳提起過，所以現在是甜蜜的熱戀期嗎？」

「跟妳想的大概還差很遠。那個人並不在我身邊，雖然放在心底但實際上他還在另一邊，還需要一點時間才能往彼此走近一點。」

「但是愛情很容易因為時間而錯過耶，既然知道他在哪裡，為什麼不過去呢？」

因為還不能過去。

「他還沒把通道的門打開。所以我在等。不用敲門也不用大聲叫喊，打從一開始他就知道我站在門外，如果他始終不開門那也是沒辦法的事情，只是現在我還不想離開。」

我並不是想延續這份等待，單純是我還不想離開他的身邊。

「是嗎？既然這樣就不要想那麼多了，暫時不要想那個人、也不要管邂逅的事，開心的一起吃頓飯吧。」

「嗯。」

然而思念與愛情是無法暫時被擱置的，對著苡若我扯開淡淡的微笑，他就被放在我胸口的某一個角落，不必刻意去想也不必刻意去愛，在呼吸之中已然融進他。

也許因為無法到達才比任何人都更加清楚的感受到這點。

即使你遠在彼端，我仍然深深嗅聞到你的氣味。

我的愛情，就這樣一點一滴擴散、逐漸濃郁，也許冀望著那樣的愛能夠濃烈堅固到成為一座連結彼端的橋，讓我能夠一步一步走向你。

□

飄著霧氣般的細雨，望著窗外我猶豫著究竟要不要撐傘，雖然必須帶傘但是不是要打開那把傘偶爾會讓人感到搖擺不定；比霧氣濕潤一些似乎能夠毫不在乎的走進，然而依舊是雨到底還是會沾濕外衣。

已經望著迷濛的街景好一陣子，最後還是撐起了傘。

約定好的星期六，每一次的聚會總是約在車站，像是儀式一般，儘管有時候各自抵達選定的地點更加便捷，但彷彿共同設下的規則一般每一次都以車站作為起點。**就是從這裡開始**。似乎帶有這樣的意味。

每個人都需要某些什麼作為起點，並不會具體的聽見誰喊著三二一開始，更多時候當我們決定開始，並且已經處於「開始了」的心理狀態，一切才會被啟動。以苡若為中心點的聚會起點是相當明確的，我想這是件好事，畢竟沒有人需要擔負喊出三二一的責任，那麼也就能在輕鬆的狀態下持續進行著。

走到車站雨剛好停了。收起傘我盯望著順著傘的垂落而滴下的水滴，霧氣般的細雨在這短暫的路途就積聚成豆大的水珠，在我們心中所瀰漫的霧氣般的感情也只是還沒拿出能夠蒐集的容器。等到下起雨，也許就來不及了。

來不及了。

想到這個狀態我的心就微微顫動。雖然知道會來不及，但究竟是要追趕什麼卻摸不著頭緒，也沒辦法說出完整的句子。下起雨之後，感情就會傾洩而出想壓抑都來不及了。下起雨之後，感情就會像順著傘滴落的雨滴，一點一點落在地面流逝而去。究竟是前者或者後者，只要雨還沒下就得不到答案。

這就是等待最讓人期待也最讓人煎熬的部分。

包裹在「對方是否會承接或者回應自己的等待」的意念之中，更深層的部分或許是「究竟我能不能等待」，很多時候在我們體內的感情是會消逝的，等待需要耗費大量的能量，如果體內沒有產生巨大、源源不絕的熱能，等待是無法被延續的。

例如我對於他的想望。

縱使並不炙烈，但深處不斷釋放出微熱的蒸氣，於是霧氣瀰漫。

這些日子以來沒有任何來自於他的消息，彷彿我的生活從未有他，在我們生命中的某些人，也許並不影響日常，抽離了對方的存在或許連一點外在動搖也感受不到。然而真正的震盪來自於體內，情感的核心是以某個人圍繞而起，抽離了對方就剩下空洞的中心，而纏繞的感情卻依然糾結。

有好幾次我差一點就要按下他的號碼，只要按下按鍵就能連結到有他的那一端，這樣的意念不斷膨脹，擠壓到臨界的時候就必須以更大的力氣來壓制。因為害怕，也許就這樣乾脆的切斷彼此的連結，只要想到這種可能就感到顫抖。

視線從逐漸擴大的水窪移到車站內的時刻，光亮的鮮紅色反覆閃動著，離約定時間還有十五分鐘。還剩下一大段空白。我就是這樣尋找任何的機會任何的理由試圖遇見「巧合」的可能。

深深的吸了口氣，雨的味道還飄散在空氣中，我拿起電話編造理由推卻了聚會。即使我人就站在十五分鐘之後的約定地點。然而到達之後並不代表想留下。

我想見他。

站在這裡就讓人感到暈眩，雖然期待著巧合，然而正因為存在著可能性而更加難以忍受。每一秒的期待在下一秒接續的是失落，再度重疊而上的期待又被另一層失落覆蓋，層層疊疊最後已經無法分離期待與失落，於是會開始相信自己的期待黏附著失落。在這樣的衝突拉扯之中，我的想望依然持續膨脹，膨脹，一分一寸擠壓著軀體的內壁。

我想見他。已經到了無論如何都忍耐不了的地步了。

也許會擾亂他所有的整理動作也說不定，但我的感情已經到了即使打亂一切也無所謂的程度了。

帶著傘我快步的往他家的方向走去，有他的地方，無論即將面臨的結果或是所將得到的答案是什麼對我而言並不重要。**我想見他**。就只是這麼簡單。

□

站在他家門口我低聲喘息，雙手的顫抖我分不清是快步之後的起伏或是源自情感的震動，深呼吸之後又再深呼吸，他就在門的另一邊，盯望著銀白色的門，只要門被打開就能看見他，越加靠近整個人晃動的程度就越加劇烈，即將到達終點的感覺充斥在體內，到底是死巷或是通往另一個終點的路徑呢？這樣反覆的想著。

終於我按下了門鈴。

熟悉的單音回響在安靜的空間，用力撞擊著我的意識，彷彿用著意念試圖震毀眼前的阻隔。**想見你**。這樣的念頭已經超出我所能預想的程度了。

喀。隨著聲音我的身體顫動了起來，門被緩慢拉開而他的身影從部分逐漸完整。是他。在我眼前的的確確是他。

無聲的空氣流動在我和他之間，並不是沉默，而是開口前的醞釀，積聚在體內大量的情感以及言語太過巨大，一時間無法通過狹小的通道傾吐而出。雙唇無聲的開闔卻只能深深的凝望，等著情感緩慢的流洩而出。

想望太過巨大，真正得以趨近的時刻卻讓人感到害怕，也許只是過於具體的想像，又或許得以趨近卻無法趨近。

緩慢地他走出那扇門，跨過房內與房外的分界，那瞬間我突然感受到「他來到我的世界」，僅僅一個跨步的差距卻跨越了遙遠與貼近。

「好久不見。」

他站在我的面前，停下腳步我的任何動作都靜止下來，剩下的呼吸起伏也盡可能的輕微，也許稍有晃動就會讓眼前的他消失，像霧氣一般被揮散。眨了眨眼，凝望著帶著淺淺微笑的他，熟悉之中帶著些許陌生，是重生的那部分我想。

和記憶中不太一樣。然而這一點正是一種證明。站在眼前的是他。

「好久不見。」終於我這樣說。

盡可能不眨眼我凝望著他，彷彿有些什麼必須被確認，沒有動作沒有聲音甚至連呼吸都聽不見，安靜的對望著。

望著他微笑的弧度差一點我就哭了出來，但我終究沒有。我深深的、深深的卻極為輕緩的呼吸，空氣中所帶有的他的味道太過濃烈的竄近我的胸腔，我好想見他，真的；然而這樣的想望終於被達成的這一刻，我卻開始顫抖，他就站在我的面前、那麼近的面前，僅僅一個跨步。那就是我們之間的距離。

在如此貼近的距離之中遙望著他，站在北極和南極的兩個人也許透過什麼而能夠相見，然而處於世界兩端的人無論如何伸長了手也沒辦法擁抱。

我還不能夠愛妳。

他的聲音不斷迴盪在我的腦中，即使能感受到他壓抑著的感情、自己的愛情也已經被攤開，但是這世界上並沒有「相愛的人就能夠相互擁抱」的規則。

終於見到他之後，才發現自己所渴求的還要更多。

「我……」好不容易發出聲音卻因為他的微笑而感到退縮，溫柔到殘忍的微笑，那就是他的阻隔，「我只是想見你。」

「有很多事……」他斂下眼，若有似無的嘆了一口氣。「對不起。」

……對不起？

我的右手緊緊握著左手，左手更加用力回握右手，必須維持緊繃的狀態不然一不小心就會全部散開，整個人也許會因而被拆解拋開。對不起。到底為什麼在欲言又止之後沉重的說出這句話呢？

「請妳、回去吧。」

在話語的句點之後他深深望了我一眼，短暫的目光之後他緩慢但果決的轉身。於是我看見他的背影。跨出腳步他即將踏進屋內，那麼又會走出這個世界而我又會失去與他的連繫了。

毫無思考餘地我伸出手拉住他的右手，透過衣服傳來溫度確切的、或許該說太過具體的傳遞而來，差一點就要鬆手了，但不行如果鬆手我和他之間所有的什麼都會被乾脆的切斷了。

「我只是、我只是想見你……並沒有要任何的什麼，雖然用力記住你說的『不要過來』，但究竟為什麼不能走近你身邊呢？我沒有要求你交出愛情作為交換，扣除愛情之後你還是我重要的朋友，我不想因為愛情而失去你。」

「至少在妳的愛情消散之前……」

「那麼就請你告訴我你不愛我，連一點考慮我的念頭都沒有。」我的手不自覺的加深力量，「現在、在這裡，只要是你說的，我都會當作是絕對的真實，毫不懷疑的相信並且，接受。」

我不愛妳。只要你這麼對我說。

巨大的矛盾在我體內哪邊也不示弱的用力拉扯，這樣對他而言只是加深負擔喔，既然他並不是不愛我為什麼不回頭看我，不是已經明白相愛並不等於能夠相互擁抱了嗎，我只是想待在他身邊而已，妳會想要更多的雖然說著不理會愛情沒關係但現在不是壓抑不住出現在這裡了嗎，我只是不想失去他而已……

淚水安靜的順著頰邊滑落，一滴一滴打在冰冷的地面卻聽不見聲音，我的愛情他的愛情我的忍耐他的為難糾結在他還解不開的結之上。越來越無解。

「語忻……」

他的嘆息之中帶著很深的無奈。卻輕輕落在我的肩上，他總是這麼溫柔，然而卻對他自己太過殘忍。

不能鬆手。也許他所阻隔的並不是我而是，他自己。

「雖然告訴妳我會好好整理，但是想要解開的時候卻發現比自己所能想像的還要糾結，全部的一切都亂七八糟的纏繞在一起了……參加告別式的時候，冷冷清清只有我和阿姨兩個人，為了我她一個一個割捨掉她身邊的人，『因為要讓你成為我世界的全部』，當她這麼說的時候我以為那只是撒嬌，當她越來越少和朋友聯絡我也以為那只是因為忙碌……真正一個人安靜的回想、思考，就更加無法原諒自己。這已經跟愛或者不愛無關，縱使對於她的愛情早已經被磨損，但是……但是這幾乎就等於是我害死她。」

不是你的錯。

這從來就不是你的錯。

「你沒有害死她。沒有。她媽媽說在遇見你之前她就已經生病了，也不是第一次自殺……只是、只是你們剛好遇上，而必須由你面對這一切，並不是要你全部都拋開不管，但真的不是你的錯，起初你們也只是相愛、不愛了就分開，本來就是很一般的事情。她生病了，但你並不是病因。」他緩慢轉過身，眼中帶著詫異。

「她媽媽，沒有告訴你嗎？」

「……沒有。」

所以打從一開始她媽媽就是想藉由我對他說出這件事？

因為不敢面對所以撇過頭逃避，明知道有人正因為自己的懦弱而痛苦掙扎著也蜷縮著？

突然我好難過，他所扛負的重量究竟有多少是她媽媽所逃躲的呢？

「所以，不是你的錯，從來就不是。」

「但我還是忽略了她的求救。」

「總要跨越的不是嗎？至少你盡力了。我們不可能達成任何一件想達成的事情，你已經比任何人都還要辛苦了。」

「語忻……」他停頓了好一陣子終於說，「無論如何我還是需要時間，這對妳來說並不公平。」

我放開拉住他的手。終於，他逐漸拆除他所設下的阻隔。

「大概身為朋友的好處就在於這裡吧，在你能夠考慮我的愛情之前，既然我是你朋友就應該陪在你身邊。如果最後你認為無法接受這份愛情，那麼我是你朋友我也不會離開。愛情對我而言重要但並不是全部。不過，」我輕輕揚起笑容，「如果時間拖得太久，我身體裡的愛情沒有養分而枯萎的話，到時候你要獻出你的愛情我也會對你說，我只把你當朋友喔。」

終於他笑了。

「所以，你就努力的追趕上來吧。」他的目光停駐在我的身上，閃動著某些什麼，但目前還分辨不出來。「如果能夠追趕上我們之間的時間差的話。」

「嗯、如果能夠追趕上時間差就好了。」

追趕不上的時間差也許、就會成為所謂的遺憾吧。

之十三／日出之後，我們

終於有那麼一點我明白當時她的世界，在那個極端的世界之中存在的只有她和他兩個人，所以我的身影，儘管只是不經意顯現的影子，都劇烈的動搖了她的意識。

她只是愛得太過極端。愛得太過耽溺。終而泅溺於那太過滿溢的愛情。

偶爾我會和他一起喝著咖啡，沒有特定主題的聊著天，像是回歸真正的日常一樣；然而嚥下充滿濃郁香氣的卡布奇諾的同時我忽然想，所謂的日常究竟是什麼呢？

在他出現之前我所認為的日常並沒有他，而現在卻彷彿日常中必須有他，人是浮動性的，或許打從一開始就不應該設下「必須走的」軌道路徑，即使那裡是一片荒原，也能緩步走過。

雖然不知道前方有些什麼，但想看見風景就必須前行。

嗯、前行。

我們在道路上不斷的相遇、道別，被指稱的盡頭或者終點都是藉由許多他人的感情與陪伴才得以到達，所謂的「我們」並不單單指涉那一個瞬間和自己共同抵達的人，而是在整個人生中，所有的曾經。

□

坐在公園的長椅上，這裡是我第一次見到她的地方。

事實上我和她面對面站在同一個時空下也僅僅兩次而已，然而關於她的延伸卻緊緊環繞住我，某些人的存在並不需要以具體的形式出現，縱使是一種概念性，也足以顛覆整個世界。

自從她離開之後，有很長一段時間我都刻意繞開這裡，甚至連車站也盡可能的避免，空氣中彷彿瀰漫著一股壓迫，讓人喘不過氣。

在我和他之間，像是帶有某種默契迂迴的繞過關於她的一切，儘管如此無論是他或者我，身上早已沾附了她的氣味，只要像這樣規避著，儘管安穩然而我和他之間永遠都會在原地打轉。

所以我用著意志、極為緩慢的依循著與那天相同的路途，彷彿踩踏著自己的影子一步步前行，散落著她愛情碎片的場域，無論多麼密實的包裹住自己仍舊會被扎傷。她的存在並非棘刺，帶有傷害性的是她從未散盡的執念。

以及我們每個人的恐懼。

終於我來到這裡。

清晨的空氣有些微冷，微微凍僵的手感到有些疼痛，安靜的我坐在長椅上凝望著三三兩兩的人群，已經結痂的傷口彷彿又隱隱作痛，從意識的某一點開始。

她把她全部的愛情一點也不剩的全部打包帶走，乾乾淨淨的切斷所有和這個世界的牽扯，無論是她的自身、連帶的他人，尤其是黏附在他身上的屬於她的部分毫不留情的帶走。所以他的痛之中，或許帶著某些空蕩與陷落，而那些凹洞是沒有人能夠填補的，即使勉強補上了也還是一目了然，啊、這跟原本的材質不一樣吧，被這麼說著的時候，凹洞的邊界也再度被突顯。

但那又能怎麼辦呢？

也不能放任那裡始終存在個凹洞，哪個人不小心踩空就糟糕了。到最後找些什麼東西填補起來好像就成為唯一解。其實不必填平也沒關係，製造合適的蓋子覆蓋上就好了啊，雖然是相當天真的想法；然而我一次也沒有要填平掩蓋自己身上傷疤或者陷落的念頭，**越是努力想掩蓋、想捨棄就更意味著自己根本無法跨越**，倒不如坦然接受存在的凹洞，然後建造一個結實的蓋子，不讓任何人踩空。

獨自一人的時候，在某些特別需要的時候，就小心的掀開蓋子，仔細的凝望著凹洞的內面，因為那個時候沒辦法這樣仔細的看著吧，也就沒辦法明白到底凹洞是怎麼形成的。只要這樣反覆的觀看、反覆的思索，或許我們就會了解凹洞的產生，最後就能避免新的凹洞在自己的心中出現。

無論多麼痛、多麼難以忍受，如果捨棄或者忽視那麼也就等同於否認自己的存在，我是認真這麼想的。

高中骨折所留下的痕跡，有一段時間我難過得連看都不想看，對於青春期的少女而言，即使只是痘疤都難以忍受；然而在反覆的跌撞之後，終於我明白，那些所留下的痕跡，無論是令人愉悅或者難堪，都是屬於自己的一部分。

愛一個人就愛著他的全部，對自己也是。

所以無論如何我都會好好的愛著自己。

有了這樣的起點，也才能好好的愛著另一個人吧。

她把全部的愛都給了他，什麼都不留給自己，或許就是這樣才會在踩空的時候什麼也抓不住，因為自己已經什麼都沒有了。

但是這些看似很偉大的道理，在不久之前、他和她和我都還身陷於漩渦之中的時候，即使有人敲著自己腦袋大喊也聽不進去吧。

「怎麼一個人坐在這裡？」

抬起頭我看見他緩慢的朝我走來。帶著淺淺的微笑，溫柔的氛圍縈繞在他的身邊，這樣的男人什麼都不必做就能夠迷惑他人吧。我扯開笑容，不管是十六歲或是二十六歲，看見愛著的人朝自己走來總是沒辦法當作一種日常。

「嗯、突然想來這裡。」他在我身邊坐下，我們之間仍然留有著所謂朋友的空白，大約是兩個掌心的距離，「回想起這陣子發生的事情，不管是什麼事情，都感覺好遙遠，像是很多年前發生的事情一樣；但其實一切都壓縮在短暫的幾個月內，就連我的前男友也是，前幾天碰巧在路上遇見了，沒有困窘也沒有憤恨反而湧上的是久違的懷念感，反倒是他顯得有些不自在，我輕快打了招呼，『好久不見』這麼對他說，離開的時候我突然想，我體內的時間轉得比較快也說不定。比過去的任何一段時間都還要快。」

「我也有一種很恍惚的感覺。」雖然就在旁邊但他的聲音聽起來彷彿來自於遙遠的彼端，像是在南極用傳聲器對著站在北極的我說著一樣，「所經歷的一切彷彿想像，但卻能在生活中看見一處又一處的線索和痕跡，然後反向一點一滴蒐集從自己體內散落出去的碎片。蒐集自己。這樣說好像又太過哲學了一點。」

「的確是相當重大的哲學議題呢。」

「語忻。」

「嗯？」

「我想跟她好好的道別。」望著遠方他這麼說，「我想補上一個當初來不及畫下的句點，妳願意和我一起去嗎？」

將沁著芳香的白色百合放在她的墳前，凝望著她的相片與太過嶄新的刻字，從這個時空到那個時空，那種遙遠已經沒辦法用數字或者概念來指出。她已經不在這裡了。

看著他盯望著前方的側臉，我無聲的遠離，有些什麼是他和她必須單獨才能夠談論的。

踏下階梯找了一處涼亭坐下，這裡瀰漫著濃濃的死亡氣味，但並不難聞，相反的是相當清爽的味道，但有自然的感受。有風有陽光還有草地的味道。我們所想像的死亡遠比實際面對的死亡還要可怕。

依然是相同的位置與姿勢他站在那裡，隔著一段距離我看不清他的表情；但我想，無論如何我都不應該看清這時候他的表情。

那是屬於她的。

轉過頭將視線移到遠方的某處，正中午的太陽有些灼燙，雖然坐在陰影下額際仍然微微沁出汗液。輕輕拭去薄汗，那濕潤的知覺卻在指間擴散開來，拿出面紙擦乾指間、一邊想著「早知道一開始就用面紙擦額頭了」；然而有很多事全然無法預知，或許在那當下毫無餘力思考，例如愛情。

說著「早知道就不要愛得那麼深了」或是「早知道就離開了」這樣的話，但就算及早知道也可能控制不了，愛得深淺、或者割捨離去，從來就不是那麼簡單。

「抱歉，讓妳等那麼久。」

「沒關係。」站起身我看著他，「想說的話都說完了嗎？」

「嗯，至少目前想說的、認為該說的，都仔細的說了出來，雖然只是我單方面的訴說，但也只能這樣了。」

「她一定會聽見的，雖然不知道該以什麼方法傳達給在那邊的她，但只要用你的方式完整的表達出來，至少、存在你心中的那個她，一定會確實的接受到。」

「……存在我心中的那個她。」他揚起淺淺的笑容，「我相信能夠傳達到的。」

我並沒有問他對她說了些什麼，現在不會、往後的五年、十年甚至更久也不會，並非不能探問而是沒有探問的必要。那是屬於他和她之間的對話。任何的他人都不應該涉入。

如同那一天的日出是無法和任何人分享的。

我忽然好懷念、極度懷念那一瞬間的燦爛光芒，被映照的我和他沐浴在初現的晨光之中，彷彿整個世界只有我以及他。再也沒有其他。終於有那麼一點我明白當時她的世界，在那個極端的世界之中存在的只有她和他兩個人，所以我的身影，儘管只是不經意顯現的影子，都劇烈的動搖了她的意識。

她只是愛得太過極端。愛得太過耽溺。終而泅溺於那太過滿溢的愛情。

回頭望了一眼她沉睡的位置，輕輕的我喃唸著，我很愛他，也許並不及妳的愛然而我的確是深愛著他的，我並不會代替妳也不想取代有妳的曾經，妳還是在那裡，而我、會以自己的方式愛著他。

「改天，再一起去看日出吧。」

在那之後遠處的某日，彷彿潮水來來回回的記憶，帶來一些什麼也帶走一些什麼，融入日常般的他依然帶著曖昧卻又不跨過界線，安分的守在彼此的身邊。

對他的想望並沒有淡卻，我依然是深愛著他的，也許在一開始的某些時候偶爾試圖越界；然而徹底理解並且接受之後，終於明白對於彼此這才是最好的方式。

雖然步伐比預期慢上許多，但卻極為踏實的往對方走去。我正在前往有你的前方。就是抱持著如此確切的意念行走著。

苡若每隔幾天就碎唸一次，明明就互相喜歡著對方到底在等些什麼，我總是微笑輕輕帶過。我和他的確在等待著，並不是等待著對方，而是等著自己。

等著某天那些記憶能夠被消化而真正成為過去。

那麼才會有開始。

前一天晚上接到他的電話，我們去看日出吧，簡短的這麼說。沒有多餘的詞彙也沒有任何鋪陳，我想起來了也許是回應我那天的延伸。時間差或許慢慢的追趕上了。抱著一些私心這麼想著。

□

於是我們來到那片沙灘。

「無論是哪個季節，清晨的海邊總是那麼冷。」

「或許因此記憶才容易疊合，一次又一次的加深，如果多來看幾次日出，也許就會深刻到難以磨滅了。」

「有些記憶，只要一次就會難以忘懷了。」他低啞的說著。

在黑暗之中我看不清他，輕輕交握的雙手只是一種禮貌性，一直到剛剛為止都還是禮貌性的意味，因為夜太黑所以這樣拉著妳的手。然而，從某一個切分點開始，說不出來但能夠清晰的感受到，啪的一聲時空被轉換了。

微微施力的手。也許是一種證明。

我輕輕呼吸，又或許只是因為步伐不穩而反射性的施力，總之我只能努力的維持現狀，盡可能不施力、盡可能維持在禮貌性的邊緣。

停下腳步站在海的不遠處，海平面在某一瞬間綻出光芒，微弱的、微光般的在遙遠的彼端，卻在呼吸與呼吸之後霎時披灑了整片粼粼大海，金黃色的光芒佔據了整片天空，而我終於能看清身邊的他。

並不是側臉。

他的目光，正停駐在我的身上。

握得更緊的手彷彿一種預告，不敢眨眼我凝望著他，終於確認了一些什麼。

緩慢的他鬆開手，轉過身面對著我。

「從這一個日出的瞬間當作新的開始吧。」他伸出手，「妳好，我是徐世曦。」

他的笑容太過耀眼，仔細凝望著一不小心就讓我的雙眼泛出淚光。

「你好，我是袁語忻。國語的語，心字旁加上公斤的忻。是開心的意思。」

「那妳笑一下我看有沒有開心的感覺。」

然後我笑了。

久違的、發自內心深處的笑了。

這一個瞬間，日光太過燦爛；而你，太過耀眼。

之十四／致另一個彼端的妳

在他的生命之中永遠都會鑲嵌著妳，雖然感到有些嫉妒但即使想盡任何方法也無法抹滅，大概這就是所謂的事實。只能坦然接受。也許哪一天我終於能夠伸出手擁抱住他，連帶的也必須擁抱住在他體內的妳。

確切的來說，我並不知道該對妳說些什麼才好。

或許很多話其實是想對自己說的，包括妳、包括他也包括自己，雖然三個人交纏的起因是愛情，然而長久之後仔細回想卻發現那不單單是愛情。也許只是以最簡明的方式呈現而已。

在那之後我見過妳母親一面，對不起，她這麼對我說，除此之外任何一句其他的言語都沒有。疲憊的身軀拖曳著長長的影子緩慢離去，或許在她的心中藏有著更多想說但說不出口的話語，對不起這三個字並沒有想像中那麼輕易被說出口。

對於妳，在我心中的感情是相當複雜的，也許是愧疚，無論如何我都間接動搖了妳的世界，又也許帶著些許不諒解，到底為什麼我非得被牽扯進來還背負著妳的憤恨呢？然而在秒與分推移到月與年之後，那些愧疚與不諒解都漸漸模糊，取而代之的是理解與心疼。

心疼這樣辛苦活著的妳。

這麼說也許妳會感到生氣也說不定，但這也是沒辦法的事，現在也沒辦法對妳說謊或者掩飾，那麼也就只能坦然說出口了。

有些時候他會談論起妳，在那些片段之中盡可能的我拼湊著妳的身影，太過短暫的交錯，也許是一種錯誤的相遇；然而，如果不是在那麼糾結之中看見妳的身影，或許就無法具切感受到那份灼熱。

那一瞬間，我在妳的身上知覺到全然的愛情。那麼灼燙又那麼冰冷。

妳眼底流瀉而出的感情動搖了我的世界，儘管那時候的我的確愛著他，卻彷佛隔著薄霧一般連自身的愛情都無法貼近肌膚的感受；因為害怕，連自身的愛情都害怕面對，所以才會一直沒辦法好好面對自己也說不定。

謝謝。我一直想這麼對妳說。

我和他依然以相當緩慢的速度朝對方走去，也許必須花上很長很長一段時間才能到達，但北極到南極的距離從來不是那麼近。我會記住妳、記住妳的愛情，不要讓他踩空也不讓自己陷落。

我不知道前方有些什麼，然而那必然包含著妳和許多曾經。

在他的生命之中、他的心中永遠都會鑲嵌著妳，雖然感到有些嫉妒但即使想盡任何方法也無法抹滅，大概這就是所謂的事實。理解了這一點也只能坦然的接受這件事，也許哪一天我終於能夠伸出手擁抱住他，連帶的也必須擁抱住在他體內的妳。

可能妳會感到不愉快，也許用不愉快來指稱太過輕微了一點，但這也是沒辦法的事情，既然妳把故事的句點帶走，那麼也只能以其他的形式進行延續。當我擁抱妳的時候，就算妳反悔想交出句點也來不及了。

無論是我或者他，從來就沒想過要將妳割捨。

既然如此，只好請妳期待著某一天來自於我的擁抱。如同當初所感受到妳的愛情一般，我也會，將自身的熱度傳遞到有妳的彼端，或許窮盡一生我也無法如

後記

我很喜歡這篇故事，雖然始終惴惴不安想著也許下一秒鐘就被駁回，但出版社接受了它，這是我感到相當感謝的一件事。

對我而言，它比「一篇故事」還要深刻一些，也許窮其一生我們都不會愛得那麼曲折，又或許再平凡的愛也始終帶著離奇。無論如何愛情或者人生總是波動而不得不用力抓握或者、割捨。

而我也一直在想，以「故事」來界定時常常帶著「想把它寫完整」的意念，但仔細思索之後愈發納悶所謂的「完整」指的究竟是什麼？

一個句點？斷然告知主角們的未來？然而我們的感情往往延展而成為往後人生的基調，所謂厚度。

事實上，儘管是我筆下的角色，我仍舊無法預料下一秒鐘他們的樣態與心思。我從來不打草稿，因為從來就不會照著草稿走，就算曾經抱持著想讓故事飛揚一點的心思，最後卻還是瀰漫著淡淡的薄霧。

戲謔的對主編說這次想走「療癒風」，但是如果真的能、真的能輕輕撫過意識最柔軟的那個部分，能夠讓我們走得更加堅定一點也說不定。

在我的文字之中包含了許多想望，有些微不足道又有些太過奢望，然而無論如何這些故事對我而言從來就不單單只是故事。而是包裹了我的感情以及，期盼。

Sophia

All about Love / 10

結束，你說是開始

國家圖書館出版品預行編目資料
結束，你說是開始 ／Sophia 著.
一 初版. 一 臺北市 ： 春天出版國際, 2012.03
面；公分. 一（All about Love ；10）
ISBN 978-986-6000-16-4（平裝）
857.7

ISBN 978-986-6000-16-4
Printed in Taiwan

作　者　Sophia
封面設計　克里斯
內頁編排　三石設計
總編輯　莊宜勳
企劃主編　鍾靈

發行人　蘇彥誠
出版者　春天出版國際文化有限公司
地　址　台北市忠孝東路四段303號4樓之一
電　話　02-2721-9302
傳　真　02-2721-9674
E－mail　frank.spring@msa.hinet.net
網　址　http://www.bookspring.com.tw
部落格　http://blog.pixnet.net/bookspring
郵政帳號　19705538
戶　名　春天出版國際文化有限公司
法律顧問　蕭顯忠律師事務所
出版日期　二〇一二年三月初版一刷
定　價　180元

總經銷　楨德圖書事業有限公司
地　址　台北縣新店市復興路45號3樓
電　話　02-2219-2839
傳　真　02-8667-2510

10

All about Love

10

All about Love